edition isele

# Hermann Kinder

# Fremd. Daheim

## Hiesige Texte

Edition Isele

# Hier bin ich fremd, bin ich daheim

Naja, antworte ich, wenn mich mal jemand fragt, wie es mir denn da am Bodensee gefällt, und zähle auf: Manchmal wünschte ich mir, die Filme und Theaterstücke zu sehen, von denen ich nur lese; manchmal würde ich gern einen Pianisten hören, den ich auf Platte habe; möchte ich Bücher in die Hand nehmen, von deren Existenz ich hier nichts erfahre; möchte ich in einem griechischen oder italienischen Lokal Besseres billiger essen, als ich es hier bekomme; ich würde gerne mitbekommen – und jedesmal, wenn ich an diese Stelle komme, stolpere ich; zwar hat die variierende Wiederholung von ‚bekommen' ihren klanglichen und rhythmischen Sinn; denn auch Prosasätze folgen einer Klangbewegung, einer in Höhen, Tiefen und Tempi ausgearbeiteten Melodie. ‚mitbekommen' paßt im Prinzip genau in diese Melodie, faktisch aber liegt es um einen Viertelston scheußlich daneben, ohne daß ich den Fehler finden und korrigieren könnte; ich fahre also fort –, was jüngere Leute, politische Gruppen, Gastarbeiter, Künstlergruppen in den Metropolen an Ideen vorzeigen; ich würde es vorziehen, wenn es hier nicht nur eine Partei und eine Zeitung gäbe; vor allem aber fürchte ich, daß mir jener, von Martin Walser so genannte, ‚grüne Bart' ums Bewußtsein wächst, weil ich einfach nicht erlebe, wie die Hälfte unserer Bevölkerung leben muß:

# HIER BIN ICH FREMD, BIN ICH DAHEIM

Na ja, antworte ich, wenn mich mal jemand fragt, wie es mir denn da am Bodensee gefällt, und zähle auf: Manchmal wünsche ich mir, die Filme und Theaterstücke zu sehen, von denen ich nur lese; manchmal würde ich gerne einen Pianisten hören, den ich auf Platte habe; möchte ich Bücher in die Hand nehmen, von deren Existenz ich hier nichts erfahre, möchte ich in einem griechischen oder italienischen Lokal Besseres billiger essen, als ich es hier bekomme; ich würde gerne mitbekommen, was junge Leute, politische Gruppen, Gastarbeiter, Künstlergruppen in den Metropolen an Ideen vorzeigen; ich würde es vorziehen, wenn es hier nicht nur eine Partei und eine Zeitung gäbe; vor allem aber fürchte ich, daß mir jener, von Martin Walser so genannte, grüne Bart ums Bewußtsein wächst, weil ich einfach nicht erlebe, wie die Hälfte unserer Bevölkerung leben muß: Zwischen gigantischen Fabrikanlagen und Autobahndreiecken, sonntags gehen sie durch abgetretene und verkotete Parks oder über Wanderwege, wo bald schon Ampeln eingeführt werden müssen, sie wohnen in Trabantensiedlungen, vielstöckig in verödete Äcker gesetzt. Ich fürchte, provinzblind zu werden. Wenn ich über Triberg–Hornberg–Hausach oder Rottweil–Horb endlich Anschluß an die schnelle Intercity-Welt gefunden habe, verstaune ich einen ganzen Nachmittag in der Passage unter der Frankfurter Hauptwache: Was es nicht alles gibt! Und wo lebe ich eigentlich? In Watte, in einer trotz allem noch gemütlichen Ferienwelt hinter den sieben Bergen. Kehre ich heim, zum Beispiel über die Autobahn, so weiß ich ab dem Hegaublick, also da, wo die Autobahn mit einer gewalttätigen Schneise einen früheren Wanderweg weggefressen hat, wenn ich den Hohenstoffeln sehe, dann endlich den See: Hier würde ich immer leben wollen, könnte ich wählen.

Auch ich bin dem Bodensee-Rausch verfallen, richtig seesüchtig, obwohl ich in meinem ganzen Leben noch nie ein Segelboot betreten habe. Aber ich weiß auch: Mein Bodensee ist es nicht. Nichts gehört mir davon, ich bin hier nicht geboren, nicht aufgewachsen, spreche keine der hier üblichen Sprachen. Wenn ich mich einmal verführen lasse, in eine Konstanzer Weinstube zu gehen, wenn ich die Fasnacht begucke oder den Faßnacht höre, kann ich mir nichts mehr vormachen: Es ist euer Bodensee, ich bin hier nur geduldet. Die Konstanzer sind wie alle Inselbewohner von grätigem Charme. Sie reden nicht lange drumherum: Einer, der an der Uni ist und irgendwie hochdeutsch spricht (denn daß zwischen Mainz und Flensburg Unterschiede bestehen, ist hier nicht so wichtig, so einer wird nie ein Konstanzer und am besten geht er dahin, woher er gekommen ist. Dabei wäre ich hier ganz gerne daheim und mache, um dazuzugehören, schon mal dumme Sachen, gewöhne mir zum Beispiel den sehr gepflegten Schwabenhaß an. Die Konstanzer auf ihrer Insel oder Halbinsel, nichts als Grenze, Wasser und verachtete Nachbarstädte vor und hinter sich, sind dabei gar nicht etwas, sondern sie sind immer etwas nicht: Sie sind natürlich keine Preußen und keine Schwaben; sie sind zwar Badener, aber möchten doch bitte nicht mit Heidelbergern, Freiburgern oder Singenern verwechselt werden, weil sie doch eigentlich Einwohner des einzigen außerschweizerischen Kantons sind; aber das sind sie natürlich nicht, sondern in der Schweiz sind sie, da hilft nichts, einfache Sauschwaben, die sie natürlich nicht sind. Überhaupt ist die Frage, was ein Konstanzer ist, noch viel verwickelter. Denn ein Petershausener zum Beispiel ist ja nur rechtsrheinisch. Ein richtiger Konstanzer müßte linksrheinisch wohnen, aber nicht in der Niederburg, da wohnen Gastarbeiter, im Paradies gibt es auch schon zu viele Unileute, und vor allem müßte seine Familie spätestens beim Konstanzer Konzil von 1414 erwähnt sein. Ich habe noch nie einen richtigen Konstanzer getroffen. Ich habe immer nur Leute getroffen, die das von sich behaupten, worauf sofort andere sagen: Im Grunde ist der auch kein richtiger uralter Konstanzer. Aber gut, es ist euer Bodensee.

Trotzdem ist es auch mein Bodensee. Er hat mich am Haken. Schwer zu erklären, was diesen See-Rausch begründet. Es hat etwas mit der Schönheit der Landschaft zu tun, gewiß. Aber worin besteht diese Verbindung von Seelenwünschen und Landschaft? Schön ist ja nur das Wort dafür, daß Landschaft seelisches Wohlbehagen herauslockt. Es hat etwas mit der sanften Abgerundetheit dieser Landschaft zu tun; etwas mit der Sämigkeit der Luft; etwas damit, daß man sich hier einbilden kann, man lebte in einem alten Bild oder in einem Heimatroman, in einem wunderbaren Film. Man braucht ja nur in die Dörfer im Hinterland zu gehen, um diesem sentimentalen Wunsch nach Heilheit und Geborgenheit freien Lauf lassen zu können: die großen einsamen Fachwerkhöfe auf den Terrassen über dem See, die Dörfer in Mulden, noch ohne Neubausiedlungen und deswegen unverwechselbar, die Wirtschaften mit Stubenfliegen, die langen leeren Wanderwege, wo du Grüezi sagst oder Grüß Gott, wenn du mal einen triffst, der dann vielleicht stehen bleibt und sagt: »So?« Und er will was hören, aber du hältst lieber den Mund, willst dich nicht als Preuße enttarnen.

Es hat etwas zu tun mit der Lust, übers Wasser zu blicken, mit den sanften Wassergeräuschen. Doch gibt es manches davon anderswo auch. Aber eins hat mein Bodensee allen voraus: die ungeheure Lebendigkeit, diese Wechsel von Landschaften und Menschen, die völlige Uneinheitlichkeit – und doch vereint, verbunden durch den See. Mein

Bodensee ist spannend. Er läßt mich neugierig Dazugekommenen immer Neues entdecken an Natur und Kultur. Schiller hat einmal Schönheit dargestellt als Wellenlinie, die das Hektische des Zickzacks und das Ruhige der geraden Linie vereine. Mein Bodensee ist diese Wellenlinie: dauernde Abwechslung, zusammengefaßt durch den See.

Das fängt schon beim See selber an. Natürlich ist es immer derselbe See; aber immer ist er anders. Der klare Wintersee mit seinen Eisrändern ist anders als der trübe, volle Sommersee. Der weiße Morgendunst macht den See anders als der rötliche Abenddunst, durch den die Goldfisch-Schiffe ziehn. Der See wechselt seine Farbe rasch und launisch wie eine frühere Dame ihre Kleider, alle Schattierungen von Grau, Grün, Blau, selbst weiß ist er manchmal. Einmal ist er uferlos, dann läßt er verschwommene Hügelkämme zu, dann wieder protzt er mit seinem weiten Alpenpanorama, bevor es wieder untergeht in einem dieser gewaltigen Gewitterstürme, die den See wild und grünweiß machen, bis er zur Nacht hin wieder ruhig liegt zwischen den Lichtergirlanden, die übers Wasser Fäden ziehen. Der Bodensee ist keine Landschaft, er ist eine Sammlung von Landschaften, die nur der See zusammenhält. Da sind die zersiedelten und flachen Flußlandschaften von Rhein, Thur, Schussen, der Salemer Aach; die Bilderbuch-Allgäus von Süßenmühle, auf dem Bodanrück, zwischen Ravensburg und Lindau; die Tobel und Waldgebirge des Seerückens, des Gehrenbergs, des Schienerbergs; die Hochebenen hinter Heiligenberg; die alpinen Andeutungen von Pfänder und Kaien; der ziemlich herbe Hegau. Der Untersee ist anders als der Überlinger See, beide anders als der Obersee, und der mal so, mal so. Als ginge man, je nach Gegend, Tages- und Jahreszeit durch ein Museum prächtiger Landschaftsbilder der ver-

schiedensten Maler, zum Verrücktwerden schön, und immer wieder der See, man bleibt an jedem Aussichtspunkt stehen und dreht sich nach dem See um, dem großen Magneten, der alles bindet.
Der Bodensee ist trotz des gemeinsamen Sees auch keine einheitliche Kulturlandschaft. Viel trennt hier. Ich weiß, es gibt das Groß-Alemannien; aber ich glaube, es ist mehr Vergangenheit oder Wunsch, wenig Realität. Hier leben um den gleichen See Menschen zusammen, die gar nicht so viel miteinander zu tun haben und auch nicht zu tun haben wollen. Die Geschichte hat sie auseinandergearbeitet. Die sympathisch unmodernen Vorarlberger, die kantigen Ostschweizer, die verzankten Badener und Württemberger, schließlich die abständigen Bayern. Trotzig trug ein Freund aus Lindau in der Konstanzer Straßenfasnacht ein Hemd mit blauen Bayernrauten; doch selbstverständlich ging er nicht nach München oder Tübingen, sondern studierte an seiner Bodensee-Uni. Die wenigen Thurgauer Studenten, die wir haben, müssen dagegen mit Unverständnis daheim rechnen. Konstanz liegt zwar in Sichtweite von Romanshorn, aber man geht doch nicht ins Ausland studieren, lieber ins auch nicht geliebte Zürich. Einmal habe ich in einem Anfall von Heimatsehnsucht ausgerechnet auf einer westfälischen Autobahn einen mich überholenden Thurgauer angehupt und ihm zugewinkt; verdutzt fuhr er an die Seite und prüfte die Reifen; er dachte, ich hätte ihn warnen wollen; und als er mich wieder überholte, zeigte er mir einen Vogel. Als ich Ravensburgern vom Thurgau vorschwärmte, kannten sie keinen der Ortsnamen, die ich anpries. Überlinger sind wie die Konstanzer Badener; aber die Überlinger gehen im schwäbischen Hinterland spazieren wie die Konstanzer im schweizerischen. Der See trennt, was nicht schon durch politische Grenzen getrennt ist. Und trotzdem eint sie der See auch wieder, es ist allemal ihr Bodensee.

Schön, interessant, lebendig ist mein Bodensee wegen dieser vereinten Vielfalt. Es gibt für einen beobachtungsversessenen Hinzugekommenen, für den das alles nicht selbstverständlich ist, viel zu gucken, zu lernen an Lebensweisen, Sprachen, Währungen. Und viel zu genießen: ach, die vielen Blumenregionen, die Iriswiesen, die Orchideenlichtungen, die Albblumen auf Kalkböden, volle Straßenraine gibt es noch, Teppiche von Löwenzahn und Hahnenfuß, Trollblumen sogar und Akelei, pralle Bauerngärten, Rosenbüsche vor zum Glück unrestaurierten Villen, und auf den Eigenheim-Rasen sind noch Gänseblümchen erlaubt, was dir erst auffällt, wenn du Rasen anderswo gesehen hast.

Mein Bodensee ist nicht nur zum Schwärmen. Manchmal wünsche ich ihn zum Teufel. Ich fürchte seine pollenreichen Sommer, seine Nebelwochen, die mit vergeblichem Hoffen, die Sonne könnte doch noch durchbrechen, vergehen, seine ermüdende Stickigkeit. Ich meide seine sich ausbreitenden Obstplantagen und die Wolken von Sprühgift, die auswuchernden Neubaugebiete um Hagnau, Immenstaad, zwischen Kreuzlingen und Romanshorn, selbst die Höri bekommt schon diesen Freizeitwert-Charakter, von Wallhausen ganz zu schweigen. Ich mache keine Versuche mehr, um den See zu laufen, man landet zu oft auf Bundes- und Kantonsstraßen, steht wie ein Ochs vor Dornier. Ich ziehe mich mit dem Rad ins Hinterland zurück: ins Deggenhausertal, bis nach Stockach, ins Wasserburgertal, in meinen Hegau, auf den Seerücken. Seit der Bodanrück zum Schleichrevier der BB, S, RT geworden ist, habe ich an ihm die Lust verloren. Auch das früher endlose Schwimmen macht keinen Spaß mehr. Es geht erst nach der flachen und pflanzenreichen Uferzone, aber da kommen schon immer mehr die Boote und die Surfer-Pest, man kriegt Rüdes zu hören als Schwimmer und vielleicht auch einen der ewig kippenden Surfer auf den Kopf; endlos schwimmen – dazu bieten sich die kleinen Seen an, am besten der Steißlinger See oder die Nußbaumer Seen. Es wird rapide voll hier. Und eines Tages wird Schloß Freudental eine Raststätte sein, man wird auf einer elektrischen Hochbahn zum Reservat Reichenau fahren, sich über die Plexiglashaube beugen und Fischer beobachten, die übergroße Welse und Hechte aus Plastik aus dem Gnadensee-Bassin ziehen, und ein Münzlautsprecher wird einem allerhand erklären und lustige Geschichten aus dem Leben der einfachen Leute erzählen, und im Poetenwinkel hinter dem Münster sitzen die Maler und malen, finanziert mit Landesstipendien, den Poetenwinkel.

Mein Bodensee ist mein Arbeitsplatz. Freiwillig bin ich nicht an diese Uni gekommen, freiwillig bleibe ich hier. Von allen neuen Universitäten ist die Konstanzer Uni die schönste – mit Abstand. Der Bau hat Fehler: es regnet rein, die Büros sind zu laut, man verläuft sich. Aber er ist kein Betonklotz, keine Unifabrik. Er ist verspielt, bunt, voll von schönem Überfluß, viel Platz für Winkel und Heimlichkeiten. Ich finde auch blaue Röhren, Garnrollen und Wasserkaskaden schöner als Denkmäler und Brunnen, die so tun, als seien sie 1820 oder 1680 erbaut, solche besehe ich mir lieber in Diessenhofen, wo sie wirklich alt sind. Daß es eine so kleine Uni ist, die immer regionaler wird, macht Sorge. Man kennt sich zu gut, bekommt wenig Anregungen durch Neue. Die Studenten kommen aus Friedrichshafen, wo sie bei Lehrern lernten, die in Konstanz studiert haben: Das beißt sich zu sehr in den Schwanz. Aber die Kleinheit bringt auch Menschlichkeit mit sich. Die üblichen Kämpfe zwischen Verwaltung und Wissenschaft, zwischen Studenten und Dozenten, zwischen den Fächern und Ständen sind hier gemildert, eben weil man sich kennt. An der Konstanzer Uni ist mehr Miteinander möglich als an einer Großuniversität. Und noch eins: Unsere Uni ist wirklich sehr brav, sehr fleißig, und sie liebt ihre Stadt und ihren Bodensee.

Hätte ich zwei Wünsche an meinen Bodensee frei, würde ich mir wünschen, daß er einmal ohne Wasser wäre, damit ich endlich sehen kann, wie seine steilen Ufer ausschauen und was auf seinem Grund alles herumliegt; und daß ich auf dem Friedhof in Allmannsdorf ende – ach, nein, vermutlich ist der Berg dann auch schon bebaut und mit prächtigen Freizeitanlagen überzogen.

## MEERSBURG MEERSBURG

Immer schneller hin
durch diese Stadt
die sommergeile winterzue
schon schön wär sie
nicht ein Schaufenster nur
für Kretzer und Kram und Wein

schnell durch die Steige
gelangweilt lutschender Gäste
und abgehockt am Rebberghaus
in den Tobeln genüßlich verlaufen
werf ich mein Sehnsuchtsauge zurück
von Mauthners Haus
meiner Droste bescheidenem Grab

Eifersüchtiger jetzt
lügst du und hättest sie gern
liebend für dich nur allein
die Tote im Schnee
wenn das Mühlrad steht
die letzte Möwe trippelt
im Wintertraum vom Sommerglück
vorm Wilden Mann

# EIN SEE – DREI LÄNDER

Vor meinem Schreibtisch, vereint in einer langen Gipfelkette: Schweiz, Österreich, Teildeutschland. Bei Föhn schöne Einheit über dem Wasser, sommers in Blau, winters in Weiß, abends errötend, Sturmblinker ringsum, nachts die Lichter von Meersburg über den Pfänder bis Romanshorn. Eine Bank unter einem Baum neben einer weißen Kapelle ob dem Roschacherberg heißt: Fünfländerblick. Fünf? Was sähe ich, wäre es klar, von hier aus? Österreich, Teildeutschland, St. Gallen, Appenzell-Innerrhoden und Appenzell-Außerrhoden? Oder: Schweiz, Österreich, Bayern, Württemberg und Baden? Oder: Rätien, Helvetien, Vorderösterreich, Montforter Besitz und Habsburger, die Kirchenherrschaft St. Gallen, Konstanz, Reichenau, den Bodensee-Bund, die richtige Eidgenossenschaft und die dublige Ostschweiz? Schöne Eintracht um den See? Der Platz an der Bank heißt nicht Alemannenblick.

Ein See, drei Länder oder vier: *Das Herz Europas?* Die werweiß siebzig oder neunzig Jahre alte Bäuerin in einem Hochtalwinkel unterhalb der Churfirsten und oberhalb des Walensees will wissen, woher ich komme. Aus Konstanz. Kennt sie nicht. Vom Bodensee. Kennt sie nicht. Aber Deutschland kennt sie. Auch sie sei nicht von da, komme eigentlich von der anderen Seite des Walensees. Im Herzen Europas die umspannende Bodensee-Universität. Diesmal sind unter den Anfängern: sieben Koreaner, vier Japaner, zwei Iren, eine Thailänderin, zehn Amerikaner, ein Spanier, ein Liechtensteiner, kein Österreicher, kein Schweizer. Nach Utwil ist es weiter als nach Seoul. Thurgau, erklärt der Ravensburger seinen Kindern auf der Fähre »Thurgau«, ist der Erfinder eines Weins.

*Ich bin ich, weil ich nicht du bin.* Im »Blick in die Zeit« des Südwestfunks klagt Adolf Muschg an, wie gefühllos wir Bundesdeutschen alte Häuser mit blindäugigen, nicht unterteilten Thermofenstern renovierten. Ärgerlich prüfe ich nach: es stimmt. Warum ist ihm das aufgefallen und mir nicht? Weil er uns für kulturlos neureich hält – und ich das nicht sein möchte? Ein Volk von Faschisten, ekelt dem Besuch, als wochenends die grünen Schweizermänner auf Töff mit Gewehr durch die Unterseedörfer fahren. Brutal wie nirgends sonst, stöhnt der Zürcher Freund, nachdem er die Autobahn Köln–Singen hinter sich gebracht hat. Undenkbar, staunt Rainer Brambach auf einem Spaziergang durch Konstanz, wäre bei uns in Basel, wie die mit den Velos auf dem Trottoir umherfahren. Wir liberalen Deutschen? Wir rücksichtslosen Deutschen? Ihr rücksichtsvollen Schweizer? Ihr autoritären Schweizer?

*Der eiserne Vorhang.* Die Lesung mit Schweizer Autoren an der Universität Konstanz war ein Mißerfolg. Dreimal mehr Plakate als Besucher. Aus Kreuzlingen kam niemand. Und wer von uns fährt schon zu einer Ausstellung nach Amriswil. In St. Gallen und Zürich kauft man ein, ist der Kurs passabel, in Ermatingen ißt man Kretzer, ins Kino geht man in Zürich. Das ist alles. Umleitung in Triboltingen, kurz vor Konstanz, ein Haus sei in die Luft geflogen. Jemand zerfetzt, verbrannt? Neugierig suche ich in meiner Konstanzer Zeitung nach einem Bericht. Nichts, obschon doch jede Zechprellerei festgehalten wird. In Konstanzer Kneipen liegt kein »Thurgauer Volksfreund« aus, in Kreuzlinger Beizen kein »Südkurier«. Endlich dann in meiner Zeitung der völkerverbindende »Blick über die Grenze«: Dirnenskandal in Bregenz, Sittenmord im Zürcher Niederdorf.

*Sprache.* Ein Reifen heißt Pneu, und ein Hähnchen Poulet. Als ich im Frauenfelder Café, das Tearoom heißt, nach Kuchen frage, schmerzhafte Hilflosigkeit beiderseits. Ein aus Niederhelfenschwil gebürtiger Kollege, mit dem ich öfters in der Cafeteria der Uni rede, empört sich über eine Intrige, muß sich das von der Seele schimpfen und fällt ins Schweizerdeutsche. Als er merkt, daß ich ihn nicht mehr verstehe, schweigt er. Vom »Keine Ware dabei« am Zoll möglichst stumm durch den Thurgau, nur nicht den Mund aufmachen und Fremder sein müssen. Wohin mit dem Pfingstpicknick? Nicht auf den überlaufenen Bodanrück, die Fähre kostet und dauert, also auf unseren Hausberg, den Seerugg. Als wir uns am Waldrand gelagert haben, essen und spielen, nähern sich durch den Wald Schweizer Buben und lauern. Wir winken ihnen, locken sie mit Servelas. Sie kommen heran, aber als sie uns hören, stutzen sie, rufen: Diß is üseres Land – und rennen davon. Unter die Scheibenwischer unserer Konstanzer Autos haben sie ungelenke Zettel gesteckt: »Parkierverbot, 50 Franken Busse«. Inmitten lauter Berlinern wechseln Rainer Brambach und Gerold Späth plötzlich ins Schweizerdeutsche. Obwohl ich wenig verstehe, ein heftiges Gefühl von Dazugehören.

*Falsche Identitäten.* Auf dem Thurgauer Rigi, dem Hörnli, klare Wintersicht. Von allen Seiten wandert es herauf, auch viele Schwaben. Was haben die hier verloren? Die Berge, rufen sie, das sind die Alpen. In Wutscham über diese lauthalsen Deutschen denke ich: Haut ab, das ist mein Säntis, dies mein Altmann, Spitzmeilen und Mürtschenstock. Ich platze vor Einheimischkeit und beckmessere: Quatsch, der Mont Blanc, das ist der Glärnisch. Der Schwabe mißtraut mir, stamme ich doch unüberhörbar aus Hamburg. Immer hängt man mir, weil ich hochdeutsch spreche, Hamburg an. Jedenfalls von da oben, sagt der Schwabe, nicht von hier. Doch, trotze ich, ich bin Konstanzer. Der Schwabe lächelt und fühlt sich mir gegenüber in der Schweiz zu Hause. Sie sind doch kein Konstanzer, vielleicht daß Sie in Konstanz wohnen. Aber ich bin Konstanzer, weiß, was Ziieschtig ist und der 1. August und das Schwingen. Möchte Hallo rufen, wenn ich auf einer deutschen Raststätte ein Auto aus SG oder TG oder SH sehe, für die ich aber nur ein Schoofsäckel wäre. Die, die an den Bodensee ziehen, schreibt ein eingeborener Freund, und so tun, als habe das alemannische Bodenseevolk nicht seine eigene Geschichte, sollen doch hingehen, wo sie hergekommen sind. Das schmerzt: Wohin denn? Bitter, in diesen Zeiten des satten Heimatstolzes keine Antwort zu wissen auf die Frage: Und woher stammen Sie eigentlich? Ich bin ein Konstanzer, obwohl ich nie ein Konstanzer sein werde. Aber ich bin ein Konstanzer, also kein Freiburger, kein Stuttgarter, ein unentdeckter Schweizer, ohne Schweizer sein zu müssen und zu dürfen.

*Heimat.* Im Migros nahe dem Zoll, meinem Laden, in dem alle Lebensmittel bis hin zu den Karotten so säuberlich nach aus- oder inländisch unterschieden werden, ein Heimaterlebnis. Am Gewürzständer suche ich nach Knoblauch, der Kreuzlinger nach Pfeffer. Verlegen hilfreich verständigen wir uns von Hausmann zu Hausmann. Da ist der Pfeffer, da der Knoblauch. Als ich unter dem Vordach den Regen abwarte, spricht mich der Pfeffermann an und lädt mich zu sich ins Trockene. Zum ersten Mal seit 15 Jahren stehe ich in der Wohnung eines Kreuzlingers. Wir plaudern über günstige Einkaufsmöglichkeiten und trinken deutsches Bier aus dem Denner. Bei der Rückkehr über den Zoll begrüßt mich der deutsche Beamte als Schweizer Kollegen, weil ich ein Militärhemd aus dem Migros trage. Ich verrate mich nicht. Ein glücklicher Tag.

Ein schlechter Tag, weil ich abends über den Zoll in einem Leihwagen mit Hamburger Kennzeichen fahrend, bis unters Reserverad gefilzt werde, als sei ich nicht aus Konstanz.

*Österreich nicht zu vergessen.* Österreich ist fern, keine Realität. Österreich ist Radio, Ö III von morgens bis »Einfach zum Nachdenken« des Kaplan Eduard Schachinger aus Wien, und manchmal die Regionalnachrichten, in denen verlautbart, daß in Dornbirn wegen mißachteten Vortritts ein Mopedfahrer glimpflich verunfallt sei. Österreich wird erst Wirklichkeit, wenn ich einmal im Jahr um den Obersee radle und Höchst und Bregenz auf blauen Ortsschildern zur Kenntnis nehme. Bei guter Sicht sind Österreich die Zimba und Scesaplana, die rotweißrot beflaggten Schiffe. Für meinen Lindauer Freund aber ist Vorarlberg das, was mir der Thurgau ist: alles, unser Hinterland, das aber doch Vorland ist für ein Land, für das wir Fremde bleiben. Gemeinsam haben mein Lindauer Freund und ich, die Vorarlberger und die St. Galler, die Thurgauer und Schaffhauser nur den See und den Rhein, den Föhn und den Zorn auf die Touristen.

Von meinem Schreibtisch aus könnte ich, wäre es föhnig und nicht normal dunstig, in einer Gipfelkette vereint Österreich sehen und Teildeutschland und die Schweiz. Ein See, drei Länder, ein Alemannien. Doch mit der alemannischen Einheit ist es so wie mit dem Alpenpanorama in Konstanz: man sieht's meistens nur auf Ansichtskarten.

# ALTERNATIVE DIES- UND JENSEITS DER GRENZE

## Zum Jubiläum der Buchhandlung »FASS«, Schaffhausen (1986)

Alternative Unternehmungen – also solche, die bereit sind, unter Selbstausbeutung und Erprobung genossenschaftlicher Arbeit ein anderes, in der Regel nicht-konservativ kritisches, Angebot zu machen als der umsatzorientierte Betrieb – leiden beidseits der Grenze am Selben: Geld, ermüdende Auseinandersetzungen, Auszehrung des Personals und der Interessen. Dennoch, scheint mir, gibt es schweizerische und bundesdeutsche Varianten. Aber Vorsicht! – es bleibt ein Problem, ob solche Kulturvergleiche nicht dem Zirkel der Verfestigung von Vorurteilen im Beobachten dienen. Die Beobachtungen:

Darüber nachdenkend, ob es so etwas wie typisch schweizerische und typisch bundesdeutsche Mentalitäten auch bei den Alternativen gebe, blitzte es ausgerechnet in Berlin. Ich besuchte ein alternatives Kino (Ufa im Tempelhof), Bestandteil einer größeren Anlage mit allerhand alternativen Einrichtungen (Zirkus, Handwerk, Pädagogik); alles macht (gegenüber Kreuzberger Alternativen) einen richtig soliden und gepflegten Eindruck. An der Kinokasse Gummibärchen und Bier wie an einer normalen Kinokasse, die Sessel nicht zerschlissen. Der an der Kasse sprach Hochdeutsch mit schweizerischem Akzent, was mich, so weit weg, sehr heimatlich anmutete; der war freundlich, geduldig mit einem auf ihn einredenden Kind und in keiner Weise plakativ gekleidet. Der, dachte ich, paßt genau hierhin. Rappeln da nur Vorurteile über schweizerische Solidität? Im Konstanzer Zebra-Kino ist die ästhetische Spartanik der ehemaligen Kaserne geblieben; Bier aus dem Kasten; die Stühle sind löchrig, quietschen; entweder kennt man sich hier oder nicht, und dann steht man daneben; dahin verläuft sich kein Arzt, keiner mit grauen Haaren, keiner in Maßanzug.

Das Beese Miggle in Konstanz hielt sich einige Jahre als eine der ersten Alternativ-Beizen. Laute In-Musik; gedrängte studentische Szene; paar Freaks; auch hier wie im Zebra fehlt der Teppichboden des Ufa; keine Zigarre zu haben. Einen Kiel kriegt man selbstverständlich im Löwen zu Sommeri: Kinder, Familien auch abends; man sitzt an Tischen; niemand steht um die Theke und knutscht; man zahlt für alternatives Essen mit Geschmack immer stolzere Preise; man trinkt ein Zweierli oder ein Spez; und nach dem Essen einen Kaffee.

Alles Zufall? Nur Ergebnis unterschiedlicher unistädtischer bzw. landthurgauischer Bedingungen? Ich denke, einiges daran ist typisch: Alternative Unternehmungen im bundesdeutschen Grenzland (wie anderswo) sind dezidiert gruppenspezifisch, auf eine sub- oder gegenkulturelle Szene bezogen und entsprechen dem Verhalten dieser Szene; sie sind eben deshalb auch anfällig gegen Szenenwechsel, Umschwünge; das Beese Miggle lief nicht mehr, nahezu plötzlich war Kachel- und Cocktail-Kultur in; die Interessen von Betreibern wie Publikum schichteten sich um. Wie entsprechend sich die Alternativen neu orientieren, um eine zahlungskräftige Klientel zu erhalten oder zu gewinnen, zeigen Unternehmungen wie die GEMS in Singen und, noch ärger, das Gasthaus zum Gehrenberg in Markdorf. Dort entsteht dann die Gefahr, daß mit dem Tausch von teils Interessen, teil Klientel das Alternative nur noch ein werbegraphischer Hauch des Ganzen ist, die Inhalte aber die gleichen sind wie bei Kulturämtern oder kommerziellen Anbietern.

Anders wiederum im Löwen von Sommeri. Der besteht nach wie vor ohne entscheidenden Gesichtswandel, Angebotsumschwung. Das Publikum ist wesentlich durchmischter: Bauern, Lehrer, der Pöschtler, die Deutschen, die Frauengruppe. Die schweizerischen Alternativen sind integrativer, offener, und sie können es sein, weil sie sich in den Verhaltensnormen eben keiner sub- oder gegenkulturellen Gruppe angeschlossen haben, sondern eine Variante allgemein-schweizerischen Verhaltens darstellen, von dem sie sich prinzipiell nicht separieren. Die Gewohnheiten von Sprache, Umgang, Trinken, der Wert, der auf freundlichen Service und ansprechende Ausstattung (ohne natürlich übertrieben zu sein) gelegt wird, ist im Alternativen dem Allgemeinen durchaus ähnlich.

Es mag mit einer generellen schweizerischen Moderatheit zu tun haben, daß die Absetzung der Alternativen in der Schweiz (zumindest von außen) deutlich geringer erscheint als in der Bundesrepublik. So wie die Wohnbezirke in der Schweiz durchwachsener sind, nicht so zerfallen in Elend und Prunk, so wie die Sanierungen sich im Erscheinungsbild bescheidener, nicht so neureich ausnehmen, so wie die Züge nicht so auseinandergehen in Intercity-Welt und stinkigen Vorort-Zug, so wie die Revolten in der Schweiz gemäßigter ausfallen, so sind auch die schweizerischen Alternativen nicht so inzüchtig, nicht so aggressiv abgegrenzt, nicht so isoliert bezogen auf ein bestimmtes Publikum und damit auch weniger anfällig gegen die Wetterstürze der Mentalität.

Woran das alles liegen mag? Schweizerischer Pragmatismus und bundesdeutsche Ideologie? Negativ gesagt: an der größeren Kontrolle in der schweizerischen Gesellschaft, an ihrem Integrationszwang – positiv gesagt: an der größeren Verständigungsbereitschaft, an mehr Mitenand? an der Dominanz eines einigenden Nationalgefühls in der Schweiz? An der unverholeneren Konkurrenz- und Kampfgesellschaft in der BRD? Allmählich gewachsene Kultur in der Schweiz – eine kurze Geschichte voller Brüche und hektischen Neuanfängen in Deutschland? Sollen es die Soziologen und Historiker beantworten. Jedenfalls folgt daraus, daß das Alternative entgegen der eingangs gegebenen Begriffserläuterung nicht unabhängig von der jeweiligen Gesellschaft zu verstehen ist, in der es alternativ ist. Offenbar haben schweizerische und bundesdeutsche Alternativen andere Funktionen, weil sie sich trotz struktureller Gemeinsamkeit auf andere Lebensformen beziehen. Insofern hat es keinen Sinn, wenn die Alternativen diesseits der Grenze die Alternativen der Schweiz als verbürgerlicht beschimpfen, andersherum den schweizerischen Alternativen die bundesdeutschen zu schmuddlig und chaotisch erscheinen.

Die Schwarze Geiß ist eine alternative Buchhandlung in Konstanz mit einem Sortiment, das zunächst links (»fortschrittlich« traute man sich damals noch zu sagen), dann links und grün war, nun auch, um nicht alle Kunden zu verlieren, esoterisch sein muß; sie lag einige Zeit unter den Unileuten im Trend, nun hat sie es schwer: Man schämt sich nicht mehr, in der Buchhandlung zu kaufen, wo auch Bürgermeister, der Feinkosthändler und der Chemiedirektor kaufen. Die Schwarze Geiß kann womöglich nur überleben, wenn sie sich auf Anzug, Rock und hübsches Tuch einläßt und hie und da ein Gläschen Champagner; und dann wäre sie nicht mehr alternativ, sondern eine gewöhnlich Ziege mit leider zu kleinem Umsatz. Und die Parallele? Das Fass? Auch im Buchhandel markante Unterschiede bei bundesdeutschen und schweizerischen Alternativen? Man war zu selten im Fass, man schweigt, man gratuliert.

## STAAD

nimm diese Nacht noch Atlas
auf die leichte linke Schulter
da der Wind nun geht
stündlich gleichauf das Schiff
mit seiner Spiegelung
hin durch die endende Nacht
und wieder her

anfangs wollt ich fast verzagen
zu Boden ins Wasser hinab
wärs zu schön nicht zu schaun
da der Himmel nun hellt
rumpelt das Leben der Lärm
ein neuer Tag kommt mein Freund
und etwas und nichts

traf es auch voll in die Fresse
war es doch besser als nichts
vorbei ist die Nacht was solls
die Lichter die Clofrau schau
du hast es doch getragen
und niemand fragt dich wie

## KONSTANZ. STRASSEN, ECKEN

Ach, Heimat. Wer hier das au nicht (it – odder?) mit Konstanzer Kehle zu quälen weiß, soll gehen. Wohin? Das gibts doch net, sagte der Härtling, daß einer keinen Dialekt spricht eigentlich. Das gibts. Als hätte meine Geschichte nicht die Vorgeschichte gemacht. Vergessen schon, Schande fast, umhergeschlagen zu sein. Aber nicht mein Krieg war es; nicht der Zweite, nicht der Erste, nicht die Vertreibungen davor. Zähl ich die vielen kurzen Wurzeln, scheints sich in Westfalen zu knoten. Dort, ließ man mich wissen, sei ich nicht drostepreiswürdig: Kein Bezug zu Westfalen. Ein Dutzend Gräber zählen da nicht. Hier also bleib ich. Nirgend so lang lebt ich wie hier.

Heimat hat auch, wer Erinnerung hat. Sag ich mal so und frage: Erinnert ihr euch an den Dienstmann, den schlotzenden, als der Bahnhof noch sein Eisendach hatte? Ans alte Scharfe Eck? Ans Gloria, ans Capitol? Ans Klein Venedig, ihr Lumpen, ans Royal, ans Café Bosch? An die geschorenen Franzosenbuben, wie sie am Abend über die Rheinbrücke rannten? Gar an die Bombe im Puff? An den Steinbock, das Park-Café? An die Damen an der Laube, der Wollmatinger Straße, dort, wo der Schützen stand? An die Wunschhäuser in der Beyerlestraße, auf der Friedrichshöhe? An die Hecker, die Jan-Hus-Universität? An den Hasentöter-Mord? An den Professor, der vom Münster sprang? Und den Professor Brückner, den nicht die Uni, den der OB, der alte, empfing? Erinnern Sie sich noch, Herr Bürgermeister, an den Fischmarkt? Man hofft.

Ja, gut war die Luft in Staad. Der Schlaf ruhig. Die Mieten höchst solide. Menschen zu sehen, Autos, Gedränge, ging ich sommers nachts an die Fähre. Im Winter stand da nur der Laster mit dem Gemüse von der Reichenau (oder der mit den Felchen aus Polen). Der Fahrer las im Deckenlicht; oder schlief. Ich hauchte in die Hände. Kot, Federn, Knochen auf meinem Steg. Das Wasser schwarz; der Winterwind; überm Pfänder der rote Stern. Ein wenig auf den Hacken gedreht: Von Überlingen bis Romanshorn, was die Nacht an Lichtern ließ. Vor der Dämmerung kam die Clofrau und rumpelte. Im Kiosk hob das Geschrei an. Auf dem Wasser das Totenglöckchen vom Schlag des Seils an den Mast des letzten Bootes. Investiert wird jetzt, saniert auch hier; schon ist die Fischerstraße hübsch gemacht.

Meersburg, meiner Seel, ist Meersburg. Damit haben wir höchstens bis Ostern zu schaffen, bevor die Steig voll wird. Gern sitzen wir im Schatten des Rebhauses, hoch und weit über dem See; denn die Haltnau ist unser, und unten verbrüdert sich selig der Stadtrat.

Den Garten der Traube liebt ich. Die Esel, das Federvieh, die Schafe, den Pfau, der mich weckte. Und nach den Bergen das Bier mit dem Freund; aber die Mücken. Da wars, da hob der OB, der alte, das Glas auf die Zusammenarbeit von Stadt und Sparkasse. So wars. So ists.

Der Werner. Sein blauer Kittel, sein rotes Gesicht. Mal schwitzend, mal frierend in seiner Bude. Mir war er gut. Kriegsch du, sagte er und stieg noch spät in den Keller für mich. Dann war wegen Krankheit geschlossen. Dann fehlte ein Arm unter dem Kittel. Dann ging es schnell. Erst in der Anzeige las ich: Er war so alt wie ich. Und immer von Jungen geneckt. Und sein Lebtag im selben Haus. Und immer ein bißchen wie heimatlos. Dich vergeß ich nicht.

Wo gibts noch so ein Wasserwerk? Industriekultur, ausstellungsreif. Aber der Belag auf dem Dichterweg von den Wurzeln der Pappeln gesprengt. Da stolperte ich oft. Am

Neubau Peter Diederichs Hallenbad-Mosaik. Auftragskunst. Daß es abfalle, hat er sich lachend gewünscht. Das hat er nicht mehr erlebt. Hier warf sich nachts und nackt nach Wurst und Feuerwein der vom Semester befreite Student in den See und ertrank. Gern schwamm ich vom Hoerle zum Hörnle. Aber dann kamen die Surfer. Das Oropax noch schrie mir das Megaphon aus dem Ohr; und trotzdem fielen sie. Und wurden hoffentlich naß.

Am Hörnle, auf dem wacklig blauen Gitter winters täglich übers Wasser geschaut. Hier, ganz genau hier wohnte ich: Nichts in ganz Südwest so deutlich wie das Horn in den See auf der Tagesschau, Übersicht, Wetterkarte. Und sonst? Kaum von Belang. Sagte ich Konstanz, notierten die meisten Koblenz. Auch gut: Dort soll auch bleiben das Deutsche Eck, das Militär.

Vom Waldhaus Jakob schweigen wir lieber, Konstanzer, das vergessen wir nie.

Ich weiß: In Allmannsdorf wollte ich liegen. Obwohl, riet die Dame am Telefon, der Dingelsdorfer schöner sei. Habs vertan. Bin jetzt im Verlorenen Paradies. Nicht mehr der Esel, der Schlachtlaster wirft mich nun aus dem Bett. Im Paradies wird nie keine Straße aufgerissen. Wenigstens ist es hier für den Fluglärm zu laut. Die Kastanien gilben vor der Zeit. Aber: Parkbuchten spendet die Stadt uns (zur Verkehrsberuhigung), bevor sie die Autobahn baut. Man dankt.

Zeig mal was, sagt munter der Gast, zum Beispiel die Mainau, da sind doch so Kirchen. Das, antworte ich, ist die andere Insel. Aber Blumen? Genau. Die Tropen! Genau. Das Gemüse. Nein, das sei wieder die andre. Sonst noch was zur Mainau? Nein, auch zur anderen nur dies:

Ganz vorn, auf der Bank unterm Duschraum sah ich noch den alten Fischer – im Segelboot. Vorbei. Höri und Seerugg, fern der Hegau, immer noch gut da zu sitzen, das Glas in der Hand. Wenn die Sonne – was soll mir da Capri?

Früher von der Traube, der Kajüte, vom Roten Knopf. Dann vom Bonanza, das einmal die Neue Welt war. Jetzt von der Costa del Sol stinkt meine Jacke am meisten. Immer dieselbe. Immer ist der gleiche Geruch ein anderer. Und ich schwör: Nie hing sie im Inselhotel, beim Siber, Seeschau, Seeblick oder wie, nicht im Waaghaus, nie in der Krone oder was sonst. Und das eine Mal in der Schwedenschänke trug ich den Dienstschlips, den einen.

Zur Seestraße ein gespaltenes Wort: Geh ich, die Hühner übers Silberwasser rennen zu sehen, wie die Schwäne beim Landen die Fußklappen ausfahrn, wie ihre Flügel, bevor sie sie einmummeln, Wasserstapfen schlagen, fluch ich der Räder der Wadenburschen in den Hacken. Fahr ich, haß ich die Alten, die Reißnägel streun.

Jetzt ist sie die alte Rheinbrücke. Kommst du aus dem Getriebe links, fährst ins rechte oder andersherum – hier merkst du, daß Konstanz am Rhein liegt, am See. Du atmest und schaust. Aber nicht zu lang. Denn überholen ist angesagt auf der Rennbahn, dem Laufsteg der protzigen Dummheit. Wie gehabt: die Brücke, der Überlebenskampf. Gleich ob Beresina, ob Rhein. Nur ists kein napoleonisches Heer hier; ist nur die Mode, gestylt auf dem Renner von Wade bis Kopf. Warenwertvieh; ein brutales dazu. Vergeßt, bitt ich, Hans Georgs Gedicht nicht, auch wenn die Kreidestriche, denen es galt, längst überfahren sind.

Die Niederburg, sagt der Seefunk, sagt der Guido, sei das richtige Herz der richtigen Frichtle. Boutiquen sind eingezogen, entkernt wird, die Ärzte kommen. Was sagt Guido dazu? Der gibt dem Werbekreis das Wort.

Am Münsterplatz hätte ich fast am 11. 11. 87 mit dem Rad den OB überfahren. Wir erschraken. Er kennt mein Gesicht nicht – es blieb ohne Folgen. Es bleibt dabei: Läßt in der Provinz du dich auf Provinz ein, bist du verloren. Komm ich zum Sterben, dann: gedenkt meiner. Mit einem Messingschild (siehe unten).

Auf dem Münsterturm zeigte mir der Dichter aus der DDR alle Dichter, die einstmals hier lebten von Utwil bis Gaienhofen. Es war klarer Föhn. Welche Kulturlandschaft; gibts, fragte er, das Seeheim noch, die Villa Scholz, diesen Schatz, und Rilke auf der Terrasse. Überhaupt, sagte er, Mitglied der SED, die Geschichte der Literatur dieses Jahrhunderts sei nicht zu schreiben ohne Wilhelm von Scholz. Ohne wen? Gut, das Emailleschild am Wilhelm-von-Scholz-Weg ist geklaut worden – aber sonst? Kennen wir nicht. Und innen hats arg gestunken. Die Witwe im Schlafrock auf dem Sessel, alles in Reichweite: die Pillen, die Konserven, die Fernbedienung des Fernsehers, das aufgeklappte Buch mit dem Bildnis des Dichters als Mann. Jahrzehnte das Herz der höheren Kultur allhier. Unter dem riesigen Baum an der zerfallenden Bank mit dem Blick übern See, ins Gebürg das blanke Messingschild: Bitte nicht benutzen, Lieblingsplatz des Dichters. Damals. Jetzt ist es verschwunden.

Die Weinstuben. Diese verrate ich nicht. Sie ist die allerhäßlichste. Da sitzt ein Freund, liest und notiert. Manchmal auch ich. Und der Pianist, der hat die Hand gebrochen und spielt am Automaten. Hier siezt man sich streng, sitzt streng an getrennten Tischen. Seit langem bin namenlos ich hier der Herr von dem Herrn, der mein Freund ist. Hier hinterlegen wir uns Briefe. Sie kommen an. Gebts auf, ihr erratet sie nicht.

Für Fremde ist der Konstanzer Hafen, den flieh ich. So sieht er auch aus. Nur nachts, spät, treff ich am Pegel Konstanzer. Wir schaun, ob nicht endlich das Hochwasser kommt, aber feste, endlich die Katastrophe. Immer läßt sie uns kurz davor im Stich. In Kreuzlingen, Hafen, da ist es schöner, da sind wir, da bin ich doppelt fremd.

Vom Markt wollte ich singen, drückte aus dem Rucksack nicht die Gurke in den Nacken, zöge der Most die Packtasche nicht herab, fände ich nur den Hausschlüssel in den vollen Taschen. Nur: Ich beharre darauf, daß der Kollege und Gärtner, der mich fragte, ob ich der oder der Rettich wolle, indem er statt Sie und statt Du Ihr sagte – mich kannte wie keiner. Der Gartenbaudichter, wird nicht vergessen, wußte was von Nähe und Ferne.

Von Buchhändlern sollte schweigen, wer Bücher macht. Tu ich. Nur: Freundlich sind sie alle. Damit Schluß. Nur dies noch (weils stimmt): Ihre Konjunktur haben sie wie die Beizen. Launisch ist die Szene. Jetzt bläst andern der Wind ins Gesicht, andern in den Rücken. Jetzt halt ich den Mund. Unverdächtig ist das Alte: Von dem Antiquar, dessen Namen ich nicht weiß, will ich noch reden. Er saß, jeanpaulisch dick, Nähe Bodanplatz im ersten Stock zwischen der Jean-Paul-Ausgabe, von der mir Student selbst ein Band zu teuer war. Ich glaube, er wollte den Jean Paul nicht mehr verkaufen. Bald war er tot. Ihm einen Kranz.

Marktstätte, Kanzlei und Hussenstraße undsoweiter. Hamburger Krankheit – nannte die Zeit die Neue Rücksichtslosigkeit. So auch hier. Immer gehen sie so, daß du ausweichen mußt. Am schlimmsten sind Paare. Möglichst dick die Jacken, die Arme noch ausgestellt. Einzelner – sieh zu, wo du bleibst. Wenn es regnet, ist es am ärgsten. An ihren Regenschirmen erkennst du die Gesellschaft. Bevor ich die Augen mir schütze mit einer Brille aus Stahl, tret ich zurück.

Jetzt sind wir, endlich, im Paradies. Waren wir. Aber noch immer hörst du die SBB, die Mittelthurgaubahn. Pfeifen sie in meine Nacht, möcht ich nie fort. Lieber hinaus: zum Grüntal, zum Fliegenmoscht am abgeschlagenen Blechtisch; durch hängt da der Hintern auf schlappen Fäden aus Plastik.

Am Schänzle zu sitzen, ist – wies am Haus steht – ein Rest vom Paradies. Und welcher! Abendpaare, die das Schönste tun. Strahlend geht Stromeyer baden*. Der Seerugg über dem Ried, fast Toscana. Hier ruft die Ferne und ist da. Wart nur, bis sich die brennende Sonne hinter den krummen Bäumen der Kleingärten ersäuft. Im Winter. Im Sommer kriegst du Frisbies an den Kopf. Hier auf dem Hunderasen, auf dem Beton, nicht in Egg, nicht am fitten Hörnle liegen Alte, nackt. Die sind ungeniert und setzen sich neben dich und klatschen über die Paradiesler gnadenlos, bis du, du liest, endlich gehst. Hart ist das Paradies. Und wer verkriecht sich in dem letzten romantischen Bauernhaus, das alle kaufen möchten? Eine Katze siehst du da, selten; seltener ein Gesicht. Gütlich teilt gegenüber dem Brunnen St. Martin den Mantel. Dann kommt der Farrenstall. Dann die Schweizer Grenze. Dann die Gemüsebuden. Dann der Europazoll. Gnade uns Gott: Was für eine gigantische Unterführung wird das geben. Geht, Leute, schnell noch, so lange es geht, knipst und stellt euch Faudes/Engelsings Buch »Menschen im Paradies« ins Regal.

Sie kennen dich, die Grünen, die mit dem festen Gewissen, daß sie Schweizer sind, am Gottlieber Zoll. Täglich gehst du hinüber. Sie grüßen dich, triffst du sie im Migros oder sonstwo in unserem Kreuzlingen, aber vergiß nie: Mit dem Schritt vors Haus, über die Grenze bist du nichts, der Ausländer nur. Einer wie alle. Aus heiterem Himmel schlagen sie zu: Den Uswiis – bitte, nur selten. Kulanter vielleicht verfahren sie am Eurozoll Tägermoos mit dem Sattelzug von Dänemark nach Genua, der EG-Berge verschiebt: Da springt mehr raus.

Als das Bellevue schon tot war, war ich drin: wegen der Kunst. Und es gefiel mir. Eine Fliese nahm ich mit, eine Klinke. Nun ists vorbei, wird überbaut. Geh ich vorbei, schau ich zur Seite und weg. Es ist, was du siehst, alles schon besser gemalt. Und gehet zugrunde. Ars longa – die Bilder bleiben: Neid ich dem Maler.

Nun also: das Kuhhorn mit Bier und Kiel. Wenn hinter den starken Bäumen Sonne und Wasser und Luft, der Himmel seine Oper inszeniert. Im Schattenriß fahren die Paare vom Strandbad heim – sie immer hinten. Am internationalen Holzstammtisch heißts: Ordnung müsse sein, im Kleinen wie im Großen, wenn das Vaterland gedeihen solle. Undsofort. Halt dir die Ohren zu. Hier irgendwo muß der Galgen gestanden haben. Aber der See, die Horne, die Spitzen. Vor allem in Triboltingen ganz vorne am Steg, die Füße im Wasser: der See, die Insel, die Höri, von Konstanz das Münster, die Nadel, das Kreuzlinger Hochhaus und das Fernmeldeamt. Halt dir die Ohren zu: Ohn Unterbruch donnern die Jachten auf der abgesteckten Schiffsbahn. Als gelte es, Amerika zu entdecken. Er halbnackt am Steuer, sie ganznackt im Grill. Die Steggefühle: in Dingelsdorf, Immenstaad, Hagnau, den ganzen Untersee entlang, such sie, die Gipfel im See. Fühl die

Bohlen unter den Füßen, so lange es geht. Allen immer modern voran, hat Konstanz zuerst das Holz durch Beton ersetzt, am Jakob. Aber nie hielt die Ohren ich mir zu, wenn ein Rad, ein verbotenes, über den Holzsteg donnerte. Nun gut: Jetzt hats seine Ruhe, sein Beton.

Gottlieben, zugegeben: die Menues, der Riegelbau, die Rotarier-Fracks und die Abendkleider von Genf bis Bonn. Na klar, da steht der Hamburger Mercedes des Fußballers, an dem mir ein Freund aus Hamburg erklärte, daß er von Felgen bis Lenkrad gut dreißigtausend über dem Listenpreis liegt. Versöhnlich der Thurgauer Detaillist, Nußbrot und Gruscht, der sich nicht scheut, die Sonntags-Blick-Kiste vor den Drachenbau zu stellen: Schweizer Käse macht krank – schon sieben Tote. Wie verlottert das Haus des Dichters daneben, keiner Renovierung würdig. Das loben wir uns. Daß die Kunst nichts wert ist – und also bleibt. Bis sie die SBG entdeckt.

Ob Ermatingen, auf der einen der zwei Bänke, flog mir schon manches Blatt davon. Unten die lieblichste Straße am See. Seine eigene Form hat jedes Haus, seinen eigenen Platz. Zusammen machen sie eine schöne Zeile. Im einen sitzt Thomas Mann, im anderen Gerold Späth, im dritten Gasthaus der Burger. Flieh die Beizen, wenn es herbschtelt. Gestopft da singt es grün und blau, national. Hoch das Glas, wenn wer rein kommt: Spaghetti, Schwoob, die deutsche Studentin: die Zuchtkuh. Hoi, hoi, wer wird denn einen währschaften Spaß mißverstehen.

Zum Bommer See hinauf, da springt ein Hecht aus dem Wasser und frißt was – und alles ist ruhig, wieder glatt wird der Spiegel für Bäume und Häuser. Am lieben Granegg vorbei. Scharf rasiert das Weichbild des Konstanzer Trichters die Chocolat-Fabrik (damits nicht zu sehr Kodak wird).

Weiter oben liegt Ernst Bertschi, der, steht in Gold, mutige Streiter für Gerechtigkeit, Freiheit und Demokratie. Und daneben, in Schweizer Boden ebenso, Hans Dieter Merhart von Bernegg, Seekadett von 1936 bis 13. 12. 1944; der wird den nassen Tod nicht im Bodensee gefunden haben, über den Bertschi Verfolgte rettete. Noch weiter oben, in einer Autobucht im Wald, die Schweizerische Sex-Illustrierte, ein Fläschchen, Kippen, der Gummi mit Knoten. Dann aber endlich der See und der Himmel.

Auch voran gehts jetzt in Altnau, da find ich mich oft. Der Wurstsalat wird jetzt nach Nummern verteilt. Also muß eine Lautsprecher-Anlage her, die Nummern auszurufen. Den Rest, bitt ich, laßt: Biergartentische, Kinder, die streunen, und Hunde. Nur keinen Landgasthof her.

Konstanz, wußt ich aus dem Lied, liegt am Bodensee. Irgendwie Schweiz, dacht ich. Dahin schickt ich meine Bewerbung. Die kam zurück. Sie nahmen mich trotzdem. Eine Stellwand in Susos Kirche war meine Fakultät. Der Parkplatz: Inselhotel, hinten neben dem Heizhaus. Senfeier im Maurischen Saal des Halm. Dann mit dem 2 CV auf den Sonnenbühl, im Hockgraben heuten Bauern. Dann auf den Gießberg mit dem R4. Ich fiel aufs Fahrrad zurück. Die alten Bekannten? Einer lehrt jetzt in Frankfurt, einer in Essen, in Bielefeld einer, und Berlin, Wuppertal, New York, Istanbul, Brasilien und Fribourg und Eschwege, Bremen sogar. Hier werd ich grau an Haaren, an Augen.

Sonntags sitz ich am liebsten in der Universität. Da gehen die Bürger nach dem Kaffee herum und schauen, die Hand an der Scheibe, herein. Dann schreiben sie einen Leserbrief: Keine Kunst sei das. Da sitz ich, im Rücken die Tür doppelt verschlossen. Hab meine Ruhe und Angst.

Keine Mensa über dem Kopf, keine Sprechstunde rechts, kein Computer links. Notlicht nur. Und niemand klopft mal kurz. Nur der Pförtner vor den Bildschirmen, der Wachgänger schimpfend von Stechuhr zu Stechuhr. Und Ratten, heißt es, hundegroß, in den Katakomben, die keiner nie sah, unter der Kunst am Bau.

Über Friedhöfe geh ich gern zum Dienst. Nun über den zentralen. Da mehren sich die Trauerfeiern; man kommt in diese Jahre und stellt sich was vor. Bleibe rechts stehn, am, steht da, alten Israelitischen. Nirgendwo sah ich so eine Eintracht zwischen Juden und Christen. Kein Zaun, keine Mauer zwischen den Toten. Da stand ich mit der jungen Jüdin aus New York, die weinte. Darüber der Bismarckturm, wie wuchtig.

Vom Krankenhaus, Inneres, geht ein prächtiger Blick. Nur hast du die Kamera nicht dabei, nur Blumen und Saft. Da werd ich liegen und seh an weißer Wand, während Schuhe quietschen auf dem Gang, das letzte Bild.

Jetzt, sag mir, wo gingst du noch einmal hin? Wieviel Antworten hab ich? Es läuft die Zeit, nur zehn. Aber hundert Wege und Orte. Also, entscheid dich: Zum Rohrspitz, die Argen hinauf, um den Gehrenberg, durchs Deggenhausertal, von Heiligenberg hinab, von Owingen nach Stockach oder doch lieber Hödingen und Sipplingen, auf die Homburg, die Nellenburg laß ich nicht gern, der Bodanrück sowieso, der Hegau, der ganze, Tod, ich beeil mich, ich nenne nur: über den Reiat zu Markus, nach Ittingen über Nußbaumen (oder auch Pfyn), der Ottoberg, der Seerugg mit Büren, Haidenhaus und Homberg, von Weinfelden nach Wil, nach Frauenfeld über Sonnenberg, Wiehnacht natürlich und Heiden, St. Anton, der Kaien, dann geht es erst los: Hörnli und Kasten, das Toggenburg, ich sage nur: Vorarlberg, und vergaß: Pfänder und Donautal, Witthoh und Engen, der Illmensee, Tintling, hastet der Tod, du schreibst um dein Leben, entscheid dich: einmal noch den Untersee entlang, Ermatingen, Berlingen, Steckborn, oder besser noch hinauf nach Gündelhart, Liebenfels und dann, einmal ist Schluß, hinab nach Stein. Und hätt doch so viel noch zu gehn.

* In einem »Forum« des »Südkuriers« (1988) entspann sich eine Debatte über die Zukunft des Stromeyer-Geländes. Der Historiker T. Engelsing plädierte für den Erhalt des architektonischen Ensembles, u.a. auch wegen des für das Paradies (nicht zuletzt sozialgeschichtlich) traditionsreichen Blickes auf die Stromeyer-Silhouette. Dabei zitierte er meinen Satz: »Strahlend geht Stromeyer baden.« Stadtrat E. Reisacher, der ehemalige verdienstvolle DGB-Sekretär, fand meinen Satz zu ästhetisierend, sozusagen auf freischwebende Schönheit bedacht, die Verhältnisse der bei Stromeyer einst Arbeitenden und Leidenden unterschlagend. ›Schönheit‹ und Geschichte der Dinge – das ist ein weites Feld und ein schwieriges, mit dem jeder konfrontiert ist, der sich einen Melkschemel oder gar einen jüdischen Leuchter ins Wohnzimmer stellt. Nur: Es ist doch ein allzu naives Bild vom Schreiben heute, daß dieses sich immer noch nach dem von W. Busch verspotteten Gesetz des Balduin Bählamm vollziehe: »Wie wohl ist dem, der dann und wann/sich etwas Schönes dichten kann!« – unbekümmert um die Realität. Es macht hingegen die Lust des Schreibens, Sätze zu finden, die Komplexes ausdrücken – und dazu gehört auch das Ineinander von Augenlust und Nachdenken. Kurzum: Meinen Satz fand ich so einen komplexen. Die schöne Spiegelung im Wasser ist das Eine. Das Andere: Na, es ist mir peinlich – aber was heißt wohl ›baden gehen‹ sonst noch? Und für wen ist ein solcher Konkurs wohl ›strahlend‹? Für die Näherinnen? Kein Wort mehr dazu. Und jetzt noch einmal gelesen: »Strahlend geht Stromeyer baden.«

## DER TINTLING

hab ich genug dann geh ich
lang übers Land und schau

wisch vom Apfel den Lehm
knack mit dem Messer
die Nuß und fang
die Schlehe mit dem Zahn
und laß den Tintling stehn
rot sind die Finger schön
vom Männlein im Walde

die Herbstzeitlose fleddert
im Nebel ins Gras
sinken die Astern vom Stock
der Rosenkohl kommt
keine Pusteblume mehr
wird der Löwenzahn
im letzten Schnitt

wird mir mein Schatten zu lang
wink ich ihm zu
die Hände im Sack
die Eintracht jetzt die Harmonie
Kreuz Sonne Wilder Mann
voll Ruchbrot und Wein torkelt
der Abendstern über der Bahnhofsuhr endlich

fahr ich und setz mich
und schreib das Ganze nochmal
genug
nie ist es genug

# HE, PATRON! MARTIN WALSER 60.

»Orli sollte Ramsegg sehen. Das war eine komische und ernste Idee.« Also stellt Anselm Kristlein sein Motorrad an die Friedhofsmauer in Gattnau und macht sich mit seiner Eroberung Orli (exotisch jüdisch holländisch und begehrenswert) auf den Weg: durch einen Wald, über ein verlassenes Manövergelände, in einem Hohlweg stellen mannsprotzige Franzosensoldaten die Schulter quer (oder scheint's Anselm nur wieder so?) und das Zuavenmesser als Leitmotiv des ›Krieges aller gegen alle‹ taucht auf, durch Sichelmoos im Tal, Faselreut ist zu sehen, der Rattenbuck, Ramsen Holz, Birrenstiller, Kretzerhalde, und nach dem Schritt über den Krummen Steg, den »Rubicon« vor dem Kindheitsland, weiter talauf und auf den Drumlin Föutzberg, der auf seinem »Südostbauch« Kristleins Heimatort Ramsegg trägt, die Kapelle Maria-Schreien hoch darüber. Dort nun kommt es zur Gipfelszene des »Einhorn«, ein Blitz von oben, eine Erektion von unten, in einer gewaltigen Textcollage wird Geschichte memoriert als Geschichte von Opfern und Tätern oder andersrum, gegen die eine Möglichkeit der Erlösung beschworen wird, der Identität, des Verstehens, der Aufhebung des Vergangenen in der Gegenwart, der keuschen Gier, kurzum all der Dissoziationen, von denen Anselm, der Stellvertreter des modernen Ichs, zerspannt wird. Eins der grunewaldschen Altarsprachbilder Kristleins, der Literatur der 60er Jahre. Und doch ganz regionalrealistisch unterfüttert – wirklich ganz, wie genau?

Gattnau zumindest gibt es. Ich stelle mein Rad an die Friedhofsmauer. Das verrottete Franzosenlager finde ich nicht (zu lange her – oder kam Walser das Militärgelände des damaligen Schreibortes Friedrichshafen dazwischen, Langenargen?). Von den meisten der im Text aufwendig genannten Flurnamen werde ich nicht herausbekommen, ob sie erfunden oder übernommen sind: Die einzig genaue Karte, die ich endlich auf dem Verkehrsamt Kressbronn bekomme, ist längst nicht genau genug. Nachgehbar ist der beschriebene Weg nicht; denn worauf Orli und Anselm zielgerecht zuwandern, liegt in Wirklichkeit weit auseinander, wenn meine Entschlüsselung stimmt: Anselms Ramsegg im Buch ist Kümmertsweiler auf der Karte, und Maria-Schreien ist St. Anton, weil es sonst weit und breit keine andere Aussichtskapelle gibt und weil dort, wo dem Text nach Ramsegg liegt, Kümmertsweiler liegt, was nun keineswegs Zufall ist, denn aus Kümmertsweiler kommt der Kristlein-Prototyp Beuman aus den »Ehen in Philippsburg« (der dort in der Traubergstraße wohnt – und Trauberg wird dann zum Pseudonym einer von Walser animierten Autorin). Walser rückt also St. Anton als Maria-Schreien über Kümmertsweiler, nein: Ramsegg, damit die zwei über die Heimatdächer blicken können. Vom wahren St. Anton aus aber blickt man (die Bänke sind eindeutig gerichtet) gar nicht ins Hinterland, sondern auf den See zu – Richtung Wasserburg! Hoppla. Und da gehts mir auf: Der »Rubicon«, der Krummen Steg, ist die Landesgrenze zwischen Baden-Württemberg und Bayern, genauer: die Gemarkungsgrenze von Wasserburg. Wer also tritt den hier auf »Kindheitsminen« – Beumann, Kristlein, Walser? Das ist hohes Spiel, ernst und komisch; der Fiktion Anselm-Ramsegg wird als scheinbare Realität die Fiktion Beumann-Kümmertsweiler unterschoben, dazu kommt ein autobiographischer Grund, der aber so in die Fiktion verwoben ist, daß er dem Leser nur ›irgendwie‹ ahnbar bleibt. Und wie Realitätspartikel in die Einbildung aufgenommen sind, zeigt genauerer Augenschein: Das Gitterfenster, durch das Anselm und Orli ins Innere von Maria-Schreien spähen, gibt es bei St. Anton ebenso wie das Vordach, das die Liebenden vor weiteren susohomerischen Gottmarienhegelundcervantes-Blitzen schützt.

Aber auch wenn St. Anton nicht wegen Renovation ausgeräumt wäre wie eine obduzierte Leiche, würde ich durch das Gitterfenster natürlich nicht das »Gnadenbild« von Maria-Schreien sehen; denn das hängt teils als Tapisserie im Cluny-Museum in Paris, teils ist es eine Einbildung religiöser Einhorn-Legenden. Die Aussicht von St. Anton ist hingegen exakt beschrieben – »sei's ins Montafon, nach Räthien oder ins Berner Oberland, schwül genug ist es für große Weiten« auch mir an diesem Sommertag 1986. An einer anderen Textstelle verfährt Walser großzügiger und läßt hinter Konstanz gleich Burgund beginnen mit jener ungebrochenen Symbolisierungskraft, mit der auch Grass Regionen zu Menschheitsorten exemplifizierte.

Viel wäre noch zu prüfen: Welcher Anton ist der Namensgeber, wenn der von Padua, dann bekäme die Liebe bei Maria-Schreien noch einen dicken katholischen Hintersinn mehr; der Föutzberg – realer Name oder wegen einer ›gewissen‹ Anspielung erdachter, hierher versetzter? Es wäre eine Seminararbeit wert; doch so Kram interessiert sie nicht, wo es nur um eins geht: Ist dieser Typ, der Anselm, nun ein Chauvie oder nicht? Sicher, sage ich, hat er die männliche Zeitseele beschrieben wie keiner, aber wie, das ist es doch: wie – nicht zu packen im ironischen Spiel zwischen Ich und Jedermann, Beichte und Spott. Also lassen wir vieles unentschlüsselt. Es geht mir ja auch nicht um eine mit dem Meßtischblatt schwer durch den Text stiebelnde Philologie, sondern darum, dem Patron auf die Schliche zu kommen, seiner Einbildungskraft, auf autobiographischem Boden Fiktionen aufzutürmen bis zum Weltbild. Dem Patron hinterher, auf der Spur zu der sogenannten »Halbzeit-Literatur« der Grupe 47 zu ihrer hohen Zeit um 1960, zu dem, was mich so an ihr, an Walsers Romanen vor allem, faszinierte: Das selbstbewußte Spiel mit nachprüfbaren Realien und

Phantasmagorien, die Überführung des Autobiographischen einerseits ins magisierte Private, andererseits ins Globalvisionäre, die immanente Poetologie durch das Thematisieren von Fiktion, Sprache, Erinnerung – und das alles gebündelt in ein literarisches Weltmodell. Das ganz spezifisch Walsersche an dieser Melange der Gruppe 47 hat dabei geradezu zu einer Identifikation mit seinen Texten geführt: der riskante Subjektivismus, das Formulierungsfeuer, mit dem Empfindungen und Verhaltensweisen eingefangen werden, die Ironie, die Gegenwartsnähe, das Aufgreifen von Grundfragen der Moderne, die radikale Zeitkritik (mit den als Vietnamesinnen-Schändern beschriebenen Franzosensoldaten ist ja auch gemeint, wogegen Walser damals als Einzelkämpfer durch die Republik zog und wobei ich ihn im Singener Kulturschupf das erste Mal erlebte in einer auch von der Studentenschaft der Universität Konstanz, deren 92. Student ich eben geworden war, mitgetragenen Veranstaltung: die Vernichtung Vietnams durch die USA). Die bundesdeutsche Mischung aus Realismus und Moderne der wie das deutsche Literaturwunder auftretenden Gruppe 47 war es, die mich zum emphatisch lesenden Zeitgenossen machte, und damals schon der Traum, einmal dazuzugehören. Die Gruppe 47 gibt es ebensowenig mehr wie die Studentenliteraten, die ihr Ende beförderten. Der Patron blieb. Und es dauerte, bis ich über miserabel nachgesagte Sätze und Szenen Walsers hinauskam.

So war es keine geographische Zufälligkeit, daß ich, nachdem ich mit dem Blick über den See (gnädig verdeckte die Mainau Nußdorf) meine Arbeit über den Wandel der bundesdeutschen Romane vor allem am Beispiel Walsers aufgegeben und selbst zu schreiben begonnen hatte, mich nach dem Mutschwall einer berauschten Nacht mit dem ersten Manuskript an ihn wandte. Und er hat geholfen. Zum Beispiel, indem er, rauchend und sich noch immer ein Stück weiter zurücklehnend, mit seinen Handpantomimen (Ah, Bitte, Weisch) mir die Reflexionsgerüste des »Schleiftrogs« abbaute, dessen Schluß sich einer von ihm gesetzten Zäsur verdankt: Den Handrücken aufs Papier geschlagen (Da, Schluß, Verstehsch). In einer dieser periodisch immer wiederkehrenden Klagen über das Aussterben der richtigen Poeten hieß es kürzlich, die hätten sich ja noch um jüngere Autoren gekümmert, wohingegen diese mediengerechten Großschriftstellerbüros heute ... (Dieterichs-Literaturbörse). Dann ist Walser immer ein guter alter Poet geblieben. Er, der weißunseld Schaffenswütige, hat (wie immer auch privat wohl knirschend) sich um jüngere und ältere (die 3 Marien) Autorinnen und Autoren gekümmert, sich durch aberhunderte Manuskripte gelesen, hat sich für sie verwandt, sie verteilt. Und kämen alle, die von ihm gefördert wurden, zu einem Geburtstagsständchen zusammen, es gäbe einen hübschen Fischer-Chor mit illustren Stimmen, und der erste Danke-Sänger müßte Arno Schmidt sein. Es wäre kein langweiliges Kapitel der bundesdeutschen Literaturgeschichte, in dem Walsers Vermittlerarbeit beschrieben würde.

Der Autor zwischen Frankfurt, Los Angeles und Stockholm – und immer doch der alemannische Patron. Wo was für Literatur, Kultur zu tun ist rund um den See, greift er ein, regt er an, ist er über seine Kräfte angefragt. »Repräsentant und Märtyrer« hieß sein Vortrag über Thomas Mann, der erste Vortrag an der Universität Konstanz, zu dessen Ehrendoktor ihn dreimannstark zu zerren, kein Leichtes war. Dem Anselm Zürn ist das Mitmachen bei aller Lust auch fast suizidale Qual. (Oho: Vermenge nie Text und Autor! – Aber nachlesbar wahr ist, daß der gediegene Literaturprofessor gar, als er Walsers besuchte und noch voll von Birga Kristleins Blond war, rief: Aber Ihre Frau ist ja schwarz! – Soviel hier zu den sauberen

Axiomen der Textwissenschaftler.) Auch in unserer Gruppe des Schriftstellerverbandes am See ist er der Fixstern. Das schafft auch Spannungen. Regionalkollege und schon wieder mit einem Bein in den USA. Dagegen wollen auch kleinere Sterne glänzen. Nachtschweiß nach Sitzungen, in denen er sich unserer Brutusanwürfe erwehrt wie Simson, mag der Lohn dafür sein, den Patron abzugeben. Aber ohne ihn wären wir hier eben nur wir.

Über ihn zu laudieren, ist unrettbar lächerlich – es ist ja schon alles Sozialrituelle in seinen Romanen gründlich ironisiert. Wenn die Reden abgeräumt, die Tische zerfleddert, wenn vielleicht wiedermal aufstößt das Warumundwozu, wenn vielleicht die Wut wach hält über Verletzungen durch Kollegen, durch rezensierende Fleischhauer und durch die Bagage, die sich bei ihm labt und dann schreibt: Eine Villa am See, seht diesen Großbürger Walser, dann, lieber M. W., behalten Sie bitte neben viel Wichtigerem auch das im Ohr, gerufen von uns Gesellen: He, Patron, ad multos annos!

# LOBREDE AUF WOLFGANG PREISENDANZ

Zur Verleihung des Preises für Groteske Literatur, 1988

Ausgezeichneter; lieber Herr Preisendanz; rühmenswerte Stifter; zu lobende Jury; meine Damen und Herren!

Komik ist eine Erfahrung von Kontingenz, Querschuß, von umgestülptem Sinn. Komische Geschichtsdarstellung zeigt, Herr Preisendanz hat es interpretiert, im offiziellen Sinn die Brüche. Und mit lustvoller Skepsis hat er die Zufälle in seinem eigenen Leben aufgespürt, Unerklärliches, mysteriöse Weichen. Wie auch zu verstehen, daß er nur deshalb Geisteswissenschaften studierte, weil die Zulassung zur Universität knapp früher eintraf als die Zulassung zur Ausbildung am Marbacher Gestüt als Hippologe, der er sonst geworden wäre? Der gute Erforscher der Komik hat an dieser etwas unordentlichen Dame mehr als nur ein abstraktes Interesse. Und deshalb hat die Biographie von Preisendanz als Weg zum gekrönten Komik-Forscher doch ihren genauen Sinn. Als nur gelegentlich Busch lesenden Chef einer olympischen Dressur-Reiter-Equipe mag ich ihn mir nicht vorstellen.

Wolfgang Preisendanz wurde 1920 in Pforzheim geboren. Vom Abitur zur Kavallerie, der sozusagen widersinnigsten Gattung im Panzer- und Flak-Krieg. Danach studierte er nun doch statt der Pferdekunde in Heidelberg Romanistik und Germanistik, Geschichte und Philosophie, promovierte über den wenig komischen Goethe, schwankte zwischen schulischer und akademischer Lehre, Assistent in Köln, Professor in Münster, Gründungsordinarius an der Reformuniversität Konstanz; Rufe, Ehrenämter, weltweite Gastdozenturen, ein Schriftenverzeichnis vom Barock bis Grass – alles da zu einem Großordinarius – bis auf eins: aus Macht macht er sich nichts. Nun emeritiert, lehrt er zum Glück weiter, in diesem Semester über den »ästhetischen Humor« bei Jean Paul, Gogol, Gadda, Arno Schmidt; germanistische Einengung hat diesem homme des lettres durch und durch nie genügt.

Meine Damen und Herren!
Lacht der Hund? Ist Lachen nur menschlich, gar humangenetisch programmiert? Das Baby lacht, aber hat es Sinn für Komik? Ist das Komische eine Spätform der Menschengeschichte? Lachte Jesus? Und wenn ja, hätte er es dürfen? Gibt es Lachen nur in Zeiten diffuser Werte? Undsoweiter: Keine noch so ulkig anmutende Frage ist nicht schon von der Komik-Forschung gestellt und ernsthaft beantwortet worden. Wie Trauer und Wut gehört das Lachen zur Seele, die eben nicht mit Sätzen des Pythagoras definierbar ist. Viele Probleme also. Frauen finden Männerwitze oft gar nicht lustig; über den Jux der Aufklärung können wir, weil wir ihn überhaupt nicht bemerken, auch nicht einmal schmunzeln: Ist also das Lachen als Antwort auf komische Merkmale (Problem: objektiv beschreibbare?), also das Lachen als Antwort auf komische Merkmale an Äußerungen, an Verhalten (Problem: auch an Natur-Dingen?), das Lachen als Antwort auf Komisches im Objekt nicht in die völlige Beliebigkeit der Subjekte gestellt? Und gibt es nicht Lachen ohne Komisches? Das Lachen der Verzweiflung, das irre Lachen? Probleme im Großen, Probleme im literaturwissenschaftlichen Kleinen: An einer Definition der Ironie sind vermutlich nicht weniger Doktorandenköpfe zerbrochen als an der Relativitätstheorie.

Kurzum, wer sich der Komik weiht, muß mit schwarzer Galle rechen: Nun weiß ich, daß ich nichts mehr weiß. Der gute Komik-Forscher ist ein Artist der Vorläufigkeit, er muß im Nebel sehen, das Unendliche verschnüren. Genau gefragt, und das ist Wissenschaft, macht so Lustiges wie Komik das Lachen leicht vergehen. Deshalb habe ich mich von diesem (er hat viele) Forschungsinteresse des Lehrers tunlich fern gehalten. Und lieber rühmte ich den uneinholbaren Literaturkenner Preisendanz; den Meister zwischen dem Komma des Textes und des Kosmos der Humangeschichte; den Theoretiker, der Theorien so freundlich hinterfragt, daß sich dies erst beim zweiten Denken als präziser Garaus erweist. Lobte ich den uncäsarenhaften Chef, der schon als Rittmeister sein Fähnlein über den Weg abstimmen ließ. So erzählt er es selbst. Und also weiß man nicht, ob es so stimmt. Denn dieser Komik-Forscher hat sein Lachen über sich und andere nicht verloren. Lachend kehrt er in literaturwissenschaftlichen Diskussionen sein Eigentliches heraus, den Kenner von Fußball, Hunden, Boxweltmeistern, Universallexika, man lacht, um dann sehr klar zu machen, daß er von Literatur mehr versteht als alle, die gelacht haben. Er liebt die Ambivalenz, das relativierende Hin und Her, das kluge Sowohl-als-auch. Ambivalenz, damit sind wir beim Stichwort für seine Arbeit am Komischen, von der jetzt die Rede sein muß, denn dafür gibt es Preis, Dank und Honorar.

Mit der Reform der Reformuniversität Konstanz, sagt Wolfgang Preisendanz gern, ist es wie mit den Alpen am Bodensee: Man sieht sie meistens nur auf Ansichtskarten.

Was ist daran komisch? Was ruft an diesem, übrigens in mehreren Versionen überlieferten, Bonmot Lachen hervor? Wir werden zunächst auf die ehrwürdige Sache der Reform eingestellt, um dann plötzlich über einen bildlichen Vergleich vom Seriösen der Reform zur Sonntagslüge blauer Ansichtskarten gestoßen zu werden. Zum Komischen gehört demnach das Indirekte, nicht das Behauptende, gehört das Spiel mit Vorstellungen, und diese Vorstellungen werden überraschend gegeneinander gesetzt, so daß die erste durch die zweite und die zweite durch die erste aufgehoben oder komplettiert wird. Indirktheit, Überraschung, Gegensinn. Aber das reicht nicht. Indem Leutnant von G. ausrief: Madame, ich liebe Sie, stach er ihr den Dolch ins Herz. Indirektheit, Plötzlichkeit, Gegensinn auch in diesem etwas kleistischen Satz. Was macht den Unterschied zwischen Komischem und Schrecklichem aus? Lesen wir weiter bei Preisendanz nach: Im großen Buch »Der Humor als dichterische Einbildungskraft«, in den vielen Arbeiten zum Ironiker Heine, zu den Humoristen des 19. Jahrhunderts, zu Keller, Raabe, Fontane, Busch, zur Komik im Gegenwartsroman, lesen wir die Artikel »Humor« und »Komisches, Lachen« im »Historischen Wörterbuch der Philosophie«.

Danach wird im Komischen – und nun wird es ernst –, wird im Lachen über Komisches an einem Objekt zwar Gegensinn erfahren, aber der Widerspruch von Sinn und Gegensinn, Pathos und Lüge, wahr und falsch, führt nicht zum Zusammenbruch jeglicher Orientierung. Das mit Lachen quittierte Komische bedroht nicht, es erleichtert. Im Schrecken stürzt das Subjekt aus den Seilen ins Haltlose. Lachend aber genießt das Subjekt, daß der Lebenspferch, in den es eingespannt bleibt, sehr wohl seine Grenzen hat. Um die Zerbrechlichkeit der Ordnungen wissen beide; wird im Schrecken das Haus zerstört, wakkelt es im Lachen und zeigt Risse, durch die das Subjekt froh ins Chaos schaut. Im Schrecken wird Sinn vernichtet, im Lachen Sinn und Unsinn gleich verrechnet. Natürlich sind die Alpen tatsächlich da, und man sieht sie auch ohne Kodak hin und wieder. Und ein bißchen ihrer seltenen Majestät leihen sie dem blätternden Reformbemühen wieder. Ambivalenz-Erfahrung; der Widersinn, das Falsche, die Kodaktünche wird dem scheinbar Richtigen um die Ohren gehauen – und schon haben wir etwas Mitleid mit dem so tief gepurzelten Richtigen, denn nun ist der Kaiser nackt und ein Tropf wie wir. Lachend töten wir nicht, sind wir kampfunfähig. Ambivalenz, halbwahr und halbverlogen werden Reformanspruch und Ansichtskarten. Die Ambivalenz hat Preisendanz mit dem Philosophen Ritter so bestimmt: »Dieser Vereinbarkeit von Entgegenstehendem und Nichtigem mit der Positivität des Lebensgefühls muß der Begriff des Komischen gerecht werden; er tut es, wenn erfaßt wird, daß die Normen und Ordnungen, nach deren Maßgabe etwas als Nichtiges und Entgegenstehendes erscheint, vom Lachen selbst mitbetroffen sind. Denn das Lachen macht etwas von der je bestimmenden Lebensordnung Ausgegrenztes als solches bemerkbar, es macht aber umgekehrt zugleich die Beschränktheit eines ausgrenzenden, verdrängenden, reduzierenden Prinzips offenbar.«

Daß über Komisches gelacht werden kann, setzt aber voraus, daß existentielles Betroffensein es nicht verhindert. Wer lacht, läßt sich auf ein Spiel ein, nimmt eine Rolle ein, macht sich lachbereit. So ist das labile Stelldichein von Komischem im Objekt und Lachen des Subjekts verständlich, weil es Umstände geben kann, in denen sich das Rollenspiel Lachen verbietet. Eben: Frauen und Männerwitze. Und der Reformrektor der Universität macht eher saure Miene zum Alpen-Witz. Preisendanz bestimmt das Komische als Kollaps der Moral, als plötzliche, befreiende Einsicht in die Ambivalenz der Normen als Schutz und Unterdrückung, die sich im Lachen, in einem nicht erzwingbaren Rollenspiel einlöst. Damit setzt er eine Struktur an (Ambivalenz und Rolle), die zwar generell gilt, aber nur im Verhältnis zu jeweils gegebenen Umständen real werden kann. So überwindet er zwei Mißlichkeiten der Komik-Theorie. Nämlich einmal die mancher Psychologie, die Lachen über Komisches als universellen, enthistorisierten Reiz-Reaktions-Mechanismus erklärt. Zum andern die mancher Historisten, die Lachen ganz und gar von je historischen bis individuellen Bedingungen abhängig machen wollen. Für Preisendanz liegt im belachten Remis von Norm und Normdurchbrechung eine überzeitliche Struktur, die aber immer wieder variiert zur Geltung kommt, da sich für Subjekte je anders bestimmt, was an Werten und deren Widerpart Bedeutung hat und was von existentieller Betroffenheit freigestellt werden kann zum Lachen.

Nun gibt es ein Problem. Und das ist ausgerechnet der groteske Humor. Schätze ich die Melange des Komischen im Werk Otto Heinrich Kühners richtig ein, so meint der »Anstifter des Preises« mit groteskem Humor zweierlei: Einmal das Groteske als Ambivalenz von Wahrscheinlichem und Phantastischem. Damit gibt es, da Ambivalenz, kein Problem. Dann aber auch das Satirische, das die Wirklichkeit zur Wahrheit verzerrt, entlarvt. Da liegt das Problem. Denn seit Schiller wird das Satirische gefaßt als Verurteilung des Falschen, das ist, nach dem eingeschlossenen Maßstab dessen, was richtig ist und sein sollte. Demnach ist Satire normativ. Und das paßt nicht zur Ambivalenz. Aber trotzdem wird über Satire gelacht. Daß dennoch in seinem Sinne komisch sein kann, was nach Schiller nicht komisch sein dürfte, erklärt Preisendanz damit, daß die normative Warte, von der herab geurteilt wird, in der Satire – anders als in der unkomischen Polemik – so unsichtbar bleibt, so beliebig vorstellbar ist, daß die Ambivalenz des Normativen überwiegt. Auch in der Satire ein Patt zwischen Richtig und Falsch? Machen wir eine naheliegende Probe:

»Meine Damen und Herren!
Im Namen, willkommen heißen, Ausdruck verleihen,
Echtes Bedürftnis, bedanken und Meilenstein.
Prioritäten setzen, sich aufdrängende Fragen,
Denkanstöße, wesentlich dazu beigetragen.«

Das war Pummerers, Kühners Geschoß. Die böse Zitierung des Redeschwalls zielt auf die Hohlheit des Rituals. Rot wird der Redner. Aber die schnelle Flucht aus dem Saal tritt er nicht an. Denn der Spiegel, in den er errötend schaut, ist kein Buß- und Gebotskatalog. Die Floskeln werden aufgespießt, Phrasen als Phrasen erkennbar, doch wie Reden richtig zu halten seien, wird nicht gesagt. Das Falsche wird gerügt, ein Richtiges nicht eingeklagt. Das Ritual wankt, aber stürzt nicht zusammen. Gleich halbwahr und halbverlogen werden Redeanspruch und Redeausführung. Auch im Satirischen also noch jene Ambivalenz, die vielleicht die dunkle, geschundene, geniale Bemerkung Bierbaums über das Trotzdem des Lachens meint? Daß aber gelacht werden kann, hängt daran, daß die Satire durch ihre Kunstmittel, durch Aufreihung, durch den Reim, durch ihre Zuspitzung des Widersinns von Anspruch und Nichtigkeit das Spiel Satire ankündigt: Schlimm ist es, aber es darf gelacht werden.

Ambivalenz und Rollenspiel – ob selbst ohne meine Verkürzungen damit die Theorie des Komischen gelöst ist, werden andere bestreiten, die das Komische für pure Anarchie halten oder für ein immer normativ geleitetes Verlachen oder für die Rache des Subjekts in der Schadenfreude. Daß sich Wolfgang Preisendanz der Ambivalenz verschrieben hat, ist nicht nur mit der Nähe dieser Theorie zum historisch-hermeneutischen Denken zu erklären. Es gibt eine Affinität zwischen dieser Theorie und einer Lebenshaltung, die gemischt ist aus moderner Relativitätserfahrung, aus eingebranntem Abscheu gegen Dogmatismus und Lachfeindschaft, aus einem philosophischen Existentialismus – auf einer Bank in Heidelberg bei Jaspers die Nachkriegsstudenten Kühner und Preisendanz –, aus einem Zweifel als ethischem Prinzip, aus einer Resthoffnung auf Aufklärung, daß dort, wo die Korsettierung des Menschen aufgebrochen wird, mehr Freiheit möglich sein könnte. Lachen als Therapie gegen den Glauben an Ordnungsmacht. Es ist, was ihre Haltbarkeit gar nicht berührt, die Theorie des Komischen, die der, es sei trotzdem gesagt, Skeptischen Generation nahe liegt. Da schließt sich ein Bogen zwischen dem Preisträger und beiden Preisstiftern, denn von der Frage nach dem richtigen Leben im Falschen erzählt auch Christine Brückner.

Und wo sich Bögen schließen, sind Reden am Ende. Da wäre nur noch der Schluß-Tusch zu erwarten. Aber wie bei einem Gekrönten, der zu solchen Anlässen gern bemerkt, der Preußenkönig Friedrich habe sich, als nach gewonnener Schlacht das Te Deum aufrauschte, zu seinen Hunden gestohlen. Also nichts Erhabenes, den Schlußpunkt entnehme ich der komischen, der verblümten Halbwahrheit Pummerers:

»Meine Damen und Herren!
Unverzichtbar, weitgehend und beispielhaft,
Wichtige Impulse, Initiative, Errungenschaft,
Spielraum, dringende Bitte, der Sache dienen,
Gegenwärtige Situation. Ich danke Ihnen.«

(Christine Brückner und Otto Heinrich Kühner sind die Stifter des von der Stadt Kassel verliehenen Preises für Groteske Literatur.)

# ÜBERLINGEN MIT DANK

lose das Vorspiel und lustig
im Turm überm lauteren Volk
da unten und lärmig
wird dann beim festlichen Akt
zwischen zwei Sätzen geklatscht
und wir sind dabei

wohlig dehnt sich der sonnige Tag
in Würde und Ehr mit Genuß
wär lieber einjeder woanders
beim Surfen beim Eintopf gern
beim Blinzeln ins Licht überm See

schmerzlich befällt eine Kolik
den freundlichen Chef der Kultur
und langsam weicht dem Gekrönten
unter der Achsel der Scheck

# ROMAN ALLEMANN*

## Herr Schwyzer im kleinen Grenzverkehr

Der Schweizer schlechthin, erst noch der Deutschschweizer, zumal der männliche Deutschnordostschweizer besteht, meint der alemannische Hausfreund, aus den merkwürdigsten Widersätzlichkeiten, ohne von diesen je – das macht seine eidgenössische Standfestigkeit – verrissen zu werden.

1

Herr Schwyzer hat gern Geld, gibt ungern welches aus, aber wenn, dann manchmal gehörig. Ein besonders knitzer Herr Schwyzer wollte, etwelche Stutz zu versparen, sein neues Auto selbst überführen, setzte sich also in den »Schweizerland« und reiste nach Norden. Mal ohne Weib, sagte sich Herr Schwyzer, verjubel ich die verdienten Franken und laß den Herrgott einen Gutentag sein. Also besuchte er im neuen Auto den Safaripark, wo ihm, da er nicht schnell genug den elektrischen Fensterheber fand, ein Elefant den Rüssel ins Auto und Gesicht steckte. Aber da war der Fensterheber gefunden, und der Elefant wurde schmerzlich in den Rüssel gezwickt, weshalb er bös mit diesem aufs neue Autodach schlug, was eine Totaldelle zur Folge hatte. Hin war der Wagen, groß die Angst vorm Weibe – da verhalf nur die Degustation eines deutschen guten Biers oder zweier. Gebührend schonend schaltend

* Roman Allemann ist natürlich nicht Roman Allemann. Aber da er nahe der Grenze wohnt, will er nicht riskieren, daß ganz vielleicht und wider Erwarten doch Herr Schwyzer die »Allmende« liest in seinem Schweizer Zollhaus oder seinem deutschen, denn die Sippe der Schwyzer ist weitvervettert diesseits und jenseits des Rheins.

machte sich Herr Schwyzer darauf im lädierten Kraftwagen auf die Autoheimbahn, wo er überholt und angehalten wurde von der deutschen Polizei: Ob er denn wisse, daß sein Wagen einen Mangel und Dachschaden aufweise. Ja, freili, antwortete Herr Schwyzer, da habe ein Elefant draufgehaut. Soso, sagte der Beamte und hieß Herrn Schwyzer aussteigen und ins Röhrchen pusten. Und hin war der Wagen nicht nur, weg war der Führerschein. Die Angst vorm Weibe konnte nicht größer werden, so daß Herr Schwyzer, bevor er aus dem »Schweizerland« in die »Mittel-Thurgau-Bahn« umstieg, das Moulin Rouge aufsuchte, das damals war, wo heute McDonald ist. Kaum aber hatte Herr Schwyzer die guten Stücke der Kleider- und Tuch AG herab, da hatte ein wütiger Soldat der Franzosengarnison ein Bömbchen abgelegt vor dem Moulin Rouge, und rumbsdibums war Herr Schwyzer alles los, auch seinen Uswiis, so daß er sich, rußschwarz in schwarzer Nacht, nackend über die Grenze schlich und erwischt und mit 80 Franken streng verwarnt wurde.

2

Der Schweizer ist von der wilden Lust des reißenden Bergquells und gleichwohl von der zärtlichsten Schamhaftigkeit seiner Madonnen und Kälbli. Von der Singener Polizei erfuhr der alemannische Hausfreund dies: Ein ziemlich älterer Herr Schwyzer hatte jahrelang und allabendlich und viel zu teuer und noch bedroht von Razzien im Continental beobachtet, wie eine etwas dickliche Importin aus Bregenz sich, ohne daß jemalen etwas anderes geschehen wäre, eine ungeschälte Banane in das Höschen gesteckt hatte, was Herrn Schwyzer endlich fad wurde. Aber dann rollte aus dem Africoladeutschland die Sexwelle heran und der Oswald-Kolle-Film »Deine Frau, das unbekannte Wesen« – und das wollte Herr Schwyzer doch sehen. Also besuchte er mit Banane und weitem Staubmantel die erste, noch leere Nachmittagsvorführung. Als das Licht wieder hellte, fand das Abreißfräulein Herrn Schwyzer leblos hintüber im angepulten Kunststoffsessel liegen und schrie schrill wegen des wie vom Schlägle verzerrten Gesichtes, aus dessen todverzucktem Mund der Zahnersatz gerutscht war, auch wegen der Banane im bloßen Schoß. Es war aber nicht der Tod, sondern die wilde Lust. Und erweckt vom lauten Schrei des Fräuleins, schoß Herr Schwyzer auf, raffte in höchster Scham seinen Staubmantel und fegte hinaus und unter das Auto seines vorgeblich im Hegau wandernden Schwiegersohnes.

3

Der Schweizer ist ein uriger Bär und doch so bébélieb, erzählte dem alemannischen Hausfreund Tina, 27, vollbusig und Schweizerfachfrau in Friedrichshafen. Der Schwingerkönig von Innerrhoden war ein währschafter Schwyzer von 1,85 m im Quadrat. Alle schmiß er beim Hoselupf ins Sägmehl. Packte den Gegner hart an der Schwingerhose, stand walroßstier vorgebeugt kopfverkeilt, und mit einem Kehljodler hob und warf er den Herausforderer zur Erde, daß dessen Kreuz knackte; half ihm auf und klopfte dem Niederlieger kameradlich harsch das Sägmehl von der Schulter. Und dann setzte er sich ungeduscht in seinen plastikbeigen Toyota und fuhr mit der Fähre über den See. Und dann? Und dann, fuhr Tina fort, hatter im Hof son Ding zerlegt, weeßte, sone Eiche oderwatt oder ooch zweie, bisdatt ihm de Muskeln am Platzen warn und hat gedampft wie Ali in der elften Runde. Naja, und dann? Mußtik ihn badn. Einfach so? Nee, klar nicht nur so, mußtik spitz schriftdeutsch dazu sagen: Du bist mein liebes kleines Butzeli. Und? Und die Brust geben? Nee, allet straff weg, weeßte, einkorsettiert wie im Stil von det Müttergenesungswerk. Nalos, und dann? Ja niks, et gelbe 1. Primarklasskäppli auf von der Schweizer Wegewacht oder Bankgesellschaft oder so. Weiter, weiter! Bißken wickeln mit echte Windeln, bißken cremen und pudern, weeßte, s Schwänzli lupfen und sagen: Eieiei. Aber denn kams ihm? Achwatt, dann pennte er ein. Und das ist alles? Ja, dachteste denn der Schweizer isn Papua oder son Gurkha? Und nu sag bloß noch, Du mußtest den mit dem Alphorn wecken? Achwatt, der war doch Sektionschef bei der PTT und war morgens längst teita.

4

Und dann liebt der Schweizer alles Saubere. Suber – das Wort mag er, wie der Schweizer gern sagt, saumäßig. Ein sauberes Weib, einen sauberen Betonflachbau, sauberen Wein, saubere Straßen, eine saubere Allparteienregierung, saubere Uniformen, eine saubere Presse und einen sauberen Sport – nur in der schmotzigen Buurefasnacht da vergreift sich Herr Schwyzer im geschlitzten Rock der dekorierten Bartöchter und schaut in der freisinnigen Schweizerischen Sex-Illustrierten nach, was ein sauber gepflegter Herr Schwyzer sonst noch alles heischen darf: das engere Löchli, das Mäuli, zwischen die Brüscht. Weil aber die Schweiz sauber bleiben muß, fährt Herr Schwyzer über die Grenze nach Je- oder Lottstetten und freut sich aufs engere Löchli, das Mäuli, die Brüscht. Aber das kantonspolizeiferne Sexlokal im Usland ist ihm doch nicht sauber genug. Ein rösches Schweizergirl hätte er lieber, und das Lavabo dünkt ihm veruriniert. Also geht Herr Schwyzer wieder, weil er in einen solchen Unrat seine sauberen Franken nicht hineintreten will. Guten Rat brachte da erst die Idee eines pfiffigen Lörrachers, indem er auf Videos Tessiner Cinquen innerschweizer

Saaltöchter ins engere Löchli, ins Mäuli, zwerch die Brüscht ... und Herr Schwyzer war augenblicklich dabei, korrekt für jeden Stoß eine Mark ins Luegisläbe-Schlitzli, eine saubere Sache, denn die Mark ist nur 80 Rappen wert, und das ergibt für Herrn Schwyzer einen sauberen Zustupf beim Gucken von 20 Prozent, bevor er wieder heimfährt über die Brücke und gottfroh ist, sauber geblieben zu sein unter den Huresauschwobe. Aber jetzt gibts Aids. Und Herr Schwyzer macht seine Grenze dicht. Der sauber verschweißte Postversand, warb den alemannischen Hausfreund der grenzlang größte Verleger, steigt springflutartig; 1000 dralle Pos – mit Leitartikel und Umschlag der BUNTEN sei der Renner dies- und jenseits der Grenze.

5

Von ausgemachter Internationalität schon im eigenen Land, von globaler Weitläufigkeit ist der Schweizer und von treuester Heimatverbundenheit; er siedelt zwischen Swiss Air und Schillers hohler Gasse; wie er eben auch ständischer Urdemokrat und ziviler Dauermilitär ist. Am 31. Juli ruderten vier aufrechte Schwyzer über den Rhein ans deutsche Ufer, um dort das Feuerwerk vorzubereiten, das anderntags die Eidgenossen beim Nationalfäscht an der Lände hochstimmen sollte. Nach getaner Arbeit erinnerten sich die Herren Schwyzer jenes noch so ganz gehorsam anschmiegsamen Thaimeidlis, von dem im Hochrhein-Anzeigenblatt annonciert worden war. Wie komme man, sagten sich die Herren Schwyzer, sonst so schnell nach Thailand, wohin man immer schon gewollt, und dies erscht noch günschtig, ebjä. Also ruderten sie ans aargauische Ufer zurück, nahmen dort ein Schaumbad und einen kräftigen Ufsteller zu sich und Sackgeld. Wieder hinübergerudert an Badens Strand, entdeckten sie die fernöstliche Liegenschaft tatsächlich im Hinterwesen eines »Adler«, »Kreuz« oder »Deutsches Heer«. Mochte es auch die älteste Tochter der Königin Sirikit sein, so war doch die Sinnenfülle Thailands ausschnittsweise greifbar nah. So weit so gut. Auch gut noch, daß das verführerische Asien ihnen ein geistliches Getränk ums Zehnfache verfuggern wollte, denn jedes Geschäft, weiß Herr Schwyzer, hat seinen Preis. Aber nicht mehr gut, daß es ein huresüeßer saudütscher Wein sein sollte, sell suft Herr Schwyzer nicht, ebnüt! Also schickten die vier Schwyzer einen der ihren heim übers Wasser, einen rächten Schwiizerwein zu holen, während die übrigen sich um die Thaikatz scharten und taten, was Schwyzer tun, wenn sie einen Kiel rauchen und sich aufs Zweierli freuen – sie sangen vaterländisch. Bis außer Atem der Weinknecht wieder flaschenvoll zurückgerudert kam. Aber – biim Tüüfel – das war, das war doch gewiß ein, ein gemeiner coop-Fendant! Ja, einen Fendant hatte der Siech, der welsche, der katholische, gebracht, wo Herr Schwyzer, wenn rächt gefäschtet wird, einen Ostschweizer Beerli konsumiert. Also ließen die rächten Schwyzer den Fendant-Schwyzer nolensvolens zurück bei der Thaigerkatz, um abermals heimzurudern und einen besseren Ostschweizer Tropfen zu besorgen. Nun zog aber der eine einen Iselisberger, der zweite einen Hallauer, der dritte einen Eglisauer aus seinem Keller, worüber sich die drei an der Lände so zerstritten, daß sie sich gegenseitig mannhaft verweigerten, mit einem der anderen cheiben Schofsäckel in einem Boot über den Rhein zu schiffen, zumal es soweit gekommen war, daß sie ihren militärischen Rang in die Waagschale ihres Zungenurteils geworfen hatten. Währenddessen füllten dem von der Thaiprinzessin längst stehengelassenen Herrn Schwyzer die Fendant-Zweierli den Kragen. Doppelt sah er, wie das Datum seiner swisswatch auf den 1. August umsprang. Und er machte sich auf den Weg und aus dem »Kreuz« oder »Deutsches Heer«. Gleichzeitig setzten sich an der Schweizer Schiffslände die drei anderen wortlos ein jeglicher in sein Boot, um mit seinem Iselisberger, Eglisauer, Hallauer das asiatische Abenteuer zum guten Ende zu bringen. Kaum waren sie in verknurrtem Abstand bis in die Mitte des Stromes gelangt, als das Fendantfaß den Feuerwerkplatz erreicht hatte und im Wahn, es sei der dunkle Abend des 1. August, alle pyrotechnischen Buketts auf einen, aber schrägen Schlag entzündete, so daß den drei Beerlipatrioten die Raketen um den Grind heulten und sie verschreckt ins schwarze Wasser juckten, wo sie, vaterländisch bis zuletzt, im Schein des Nationalfeuers das Schweizerlied anstimmten und ertranken.

Ob der alemannische Hausfreund sich einen solchen Erfolg der neuerlichen vaterländischen Bestrebungen des Ersten und des Zweiten deutschen Fernsehens nach Programmschluß etwa bei den Badenern und Schwaben an beiden sauren Ufern des Neckars wünschen soll, weiß er nicht so recht.

# DAS STUTTGARTER LITERATURTELEFON

Guten Tag: mein Name ist Hermann Grinda, ich wohne in Konstanz und habe mehrere Romane veröffentlicht; ich lese die Geschichte

## Weinhefe

Eines Tages – die Schupfnudeln waren gut, aber zu reichlich und zu fett gewesen, der Salat mit Olivenöl angerichtet, so daß sich Herr Brechtle zu einer doppelten Weinhefe gezwungen gesehen hatte – an diesem Tag setzte Herr Brechtle sich etwas plumpsig nach der Mittagspause in den Dienstsessel, öffnete den Hosenbund, lutschte eine Atemfrischpille, legte den Kugelschreiber mit der Aufschrift ÖTV gerade und wählte den Aushub-Bantele, Frau Schweikle, an. Es meldete sich das Literaturtelefon und ein Herr, der mehrere Romane geschrieben haben und etwas erzählen wollte. Herr Brechtle legte auf und wählte erneut Bantele, Frau Schweikle, wieder meldete sich das Literaturtelefon und der Herr, der, Heidenai, rief Herr Brechtle und legte auf. Obs an der Weinhefe lag? Herr Brechtle kontrollierte beim nächsten Mal jeden Griff in die Nummernscheibe genau. Und der Herr am Literaturtelefon war wieder da und erzählte, daß eines Tages die Schupfnudeln – genau, sagte Herr Brechtle, sie waren wirklich zu fett gewesen, Olivenöl, ein Graus, hören Sie, rief Herr Brechtle, aber Weinhefe nie, Herr Kindler, ein Graus, vor allem doppelt, er bestehe darauf.

Regen Sie sich doch nicht so auf, antwortete ich, lassen Sie mir die kleine dichterische Freiheit. Nein, empörte sich Herr Brechtle, Weinhefe nein, vor allem mittags nicht, und das mit der Atemfrischpille, die Kollegen munkelten sowieso schon, das grenze an üble Nachrede, und er sei nicht in der ÖTV, auch wenn er diesen Kuli tatsächlich benutze, und er kenne, ausdrücklich, keine Frau Schweikle. Okay, räumte ich ein und erzählte nicht weiter. Sowieso interessierte mich Frau Schweikle mehr als Herr Brechtle, doch fand ich die Nummer von Aushub-Bantele nicht, so daß ich meine Ruhe hatte und den IG-Druck-Kugelschreiber hin und herrollte.

Bis eines abends! Ich hatte eben einer Flasche Weinhefe den Zapfen gezogen und wählte den Südfunk an, wo sich ein Herr Bantele meldete, den ich sofort als Herrn Brechtle erkannte, und zu erzählen begann: Eines abends entzapfte der Dichter Grindler, der ein Verhältnis mit Frau Schweikle hatte, eine Flasche Weinhefe. Falsch, rief ich, was für ein scheußliches Wort: ›entzapfen‹, das habe ich nicht gesagt, und Weinhefe, ein Graus, und wegen Frau Schweikle, rief ich, mein Rechtsanwalt, er werde von dem hören. Aber Herr Bantele-Brechtle räumte nichts ein und sagte nicht Okay. Und so kam es, daß wir uns eines abends um 18 Uhr 39 auf dem Cannstatter Wasen trafen. Aber ich hatte keine Chance. Sie waren zu viert: Brechtle, Bantele, Frau Schweikle und der Schupfnudel-Wirt, der vor mir ausspie: Ein Graus – Schupfnudeln mit Olivenöl! Sie hatten sich als Duellwaffen Weinhefegläser gewählt, und ich hatte nur meinen trockenen Tintenfisch. Den setzte ich, während sie die Schritte abzählten, an die eigene Schläfe und sagte trutzig: Es war doch Weinhefe – das Leben ist kurz, die Kunst lang! Ich wollte eben abdrücken, doch da erscholl ein doppeltes Halt-Halt, weil die vier Literaturtelefon-Minuten vorbei waren. Und so kam alles zu einem schnellen guten Ende. Bis eines Tages Frau Schweikle anrief und sich energisch verbat, je die Absicht gehabt zu haben, mit Weinhefegläsern zu schmeißen, und ich interessiere sie einen Käs, und wenn ich mir dies nicht hinter die Löffel schriebe, kriegte ich was hinter diese.

Okay, ich schrieb es mir hinter die Löffel, denn schließlich ist das Leben eins, die Literatur zwei, das

Telefon null und Weinhefe mit Olivenöl ein Graus und Schluß und aus.

# DIE AMERIKANISCHE FREUNDIN

1
schwer ist der Stillstand nur
aufgelöst erträglich
in starker Musik Bewegung
der Ruhe der näheren Haut
laß uns befahren mein Land
bevor du rüber gehst
zurück und at home

2
so traumhaft nicht
ist der Traum wenn er aufwacht
keine highways hier
nur Dunst auf der Fähre wie immer
und lauter verbiesterte Deutsche

3
mein abgefucktes Land und ich
stolz pfeifst du deine Hymne
und machst aus Nördlingen Kodak
aufs Kopfsteinpflaster fällt mir mein Herz
unters Ochsengespann mein Land
lieb ich doch sehr
mag ich nicht mehr
als dich

4
das bist du und das bin ich
New York Neuendettelsau
how comic lachst du
how whow

5
hier überfuhr mich ein Pferd
Narben und Plumsclo ein Auto
aus dem der Neger chewing gum warf
hier war ich mal fränkisch
mein Land verlorene Sprache
forget the difference
between Heil und Heilsbronn
You can't share the past
und auch die Gegenwart kaum

6
Nurnberg und Durer o yeah
aber bitte beide mit ü
doch Lebküchen wieder mit u
wie schön sind Veits Sonne und Mond
ja was wir so schaffen my Dear
schrecklich das Reichsparteitagsgelände
no postcard
steht immer noch da

7
Kiefer oh Kiefer I know
nein Kiefer das andere Wort
ist Wald und Erinnerung mir
my parents my brothers my gluck in New York
You know I'm jewish I know
aber Bamberg lieben wir beide
den Hoffmann mit Mozart im Kopf
den Reiter das Rauchbier vom Faß
Heil rufst du sägsäg das Schlenkerla hoch
mein überdeutsches Land

8
die transatlantische Freundschaft
geht durch die Gasse zum Goldenen Topf
die Judengasse noch immer
die stanken sagst du
und fraßen Swiebeln und Knoblauch
in meinem sauberen Land

9
aufgepaßt US personnel
am Ende der freien Welt
liegt Coburg altdeutsch
mit Stiegen und Bratwurst
mit Herzog und Schloß
nach den Students fragst du
die Schmisse die Zipfel das Bier
Gaudeamüs igitür
singen wir beide hier

10
bin kein Deutscher kein Auschwitz
ich schrei nicht ich nicht
wie du auch Lebküchen krumelst
in den Leihwagen peinlich
wünscht uns die Alte in Sulzfeld
das Beste
bis in den Tod

11
wie du auflebst beim AFN
hey Jim down from Munic
jetzt aber schrei ich
zerschlagen von Wutsbürg
vom Stau und Qualm deiner Army

12
zu wähnen
sich nah zu sein trotzdem
ist schon ein Stück
vom Glück

13
zurück sind wir wieder at home
die Synagoge willst du jetzt sehn
die Bank für Gemeinwirtschaft
oh Konschdanz lachst du my Constance
die haben es nichtmal geschafft
das Feuer richtig zu schürn
andere mußten es tun

14
ja sag ich
die andern warn wir

(für M. Cohen)

# FÜHRERS GEBURTSTAG

## 1933

In der Reichskanzlei hat seit vorgestern ein Strom von Geschenken zum Geburtstag des Reichskanzlers Adolf Hitler eingesetzt, der alle Erwartungen übertrifft und geradezu phantastisch zu nennen ist. Ganze Postwagen müssen die Briefpost anfahren. Edelweißsträuße aus den Alpen, Flieder aus Baden, ein lebensgroßer Schutzmann aus Aachener Printen, wertvolle Gemälde, viele Zentner Bücher, Hirschfänger, Brieföffner, eine Schwarzwälder Uhr, Lübecker und Königsberger Marzipan, westf. Schinken. Rührend sind die Geschenke von Kindern, Wellensittiche und sogar ein Reitpferd sind eingetroffen. Glückwünsche der badischen Staatsregierung: Bitten, die Wünsche des überwiegenden Teiles der badischen Bevölkerung entgegennehmen zu wollen. Der Herr Reichskommissar hat für die gesamte badische Partei und Gendarmerie angeordnet, daß an der Schirmmütze über der badischen Kokarde die schwarzweißrote Reichskokarde zu tragen ist. Gleichzeitig wird eine neue Dienstmütze nach preußischem Muster eingeführt. Den 44. Geburtstag des Reichskanzlers Adolf Hitler feierte die Bevölkerung der Stadt Konstanz durch reiche Beflaggung. Schwarzweißroter Flaggenschmuck als äußeres Zeichen der Anteilnahme des Volkes am See am derzeitigen Leiter der Geschicke unseres Vaterlandes. Herr Oberbürgermeister Dr. Moericke in der Stadtratssitzung: Weit über die Angehörigen der eigenen Partei hinaus sehen schon heute große und immer wachsende Massen unseres Volkes in Adolf Hitler den genialen Schöpfer einer nationalen Wiedergeburt unseres Volkes. Zum Zeichen dessen, daß Sie, meine Herren, in Wunsch und Gelöbnis mit mir einig sind, bitte ich Sie, sich von Ihren Plätzen zu erheben. Auf der Marktstätte ein Platzkonzert. Im unteren Konzilsaal eine Feier der SA und SS. Ein zahlreiches Publikum nahm vor dem Konzil eine Radio-Übertragung im Rahmen der Stunde der Nation entgegen. Überlingen: Flaggen heraus! Es sollte kein Haus geben, das nicht mit einer Haken-Kreuz oder schwarz-weiß-roten Fahne versehen ist. Der Gemeinderat hat aus Anlaß des Geburtstages einstimmig beschlossen: Die Mühlenstraße heißt fortan Göring-Straße, der Landungsplatz Adolf-Hitler-Platz. Der Bund Deutscher Radfahrer begrüßt aus innerster Überzeugung die gewaltige, nationale, von glühender Vaterlandsliebe getragene Erhebung des deutschen Volkes und die an ihrer Spitze stehenden Führer. Wer unsere nationale Einstellung bekämpft hat, kann keinen Platz in unseren Reihen finden. Juden und Marxisten. Festgenommen: wegen Beleidigung des Herrn Reichskanzlers ein Metzger, verschiedene Fabrikarbeiter, die durch Absingen sozialistischer Kampflieder provoziert haben. Das Innenministerium hat das »Schwarzwälder Volksblatt« verwarnt, weil es eine unsachliche Angriffe gegen die nationalsozialistische Bewegung enthaltende Zuschrift widerspruchslos veröffentlicht hat. Fräulein, 35 Jahre alt, mit schöner Aussteuer wünscht mit Beamten in Verbindung zu treten. Verschwiegenheit Ehrensache. Volksbund Radolfzell: Ein Abend, an dem Tränen gelacht werden! Willy Reichert kommt.

## 1940

380'000 Paar Militärstiefel abgefangen, die Stadt Gjoevrik nach hartem Kampf genommen. Der 20. April an der Westfront: Die Franzosen dürften nicht schlecht gestaunt haben, als sie die deutschen Nationalhymnen, das Deutschlandlied und das Horst-Wessel-Lied über den

Strom herüberklingen hörten. Dieser schlichte, ruhige Gesang unserer Soldaten stand in einem sonderbaren Gegensatz zu dem nervösen und völlig planlosen Feuer von drüben. Der Übermensch ist dem Franzosen von jeher als eine feindliche Kraft erschienen (Fr. Sieburg). Fräulein, 39 J., kath., wünscht Heirat mit Beamten, hat schöne Wäsche-Aussteuer. Freibank Radolfzell: von 7 Uhr ab wird Kuhfleisch ausgewogen. Das 1/2 Kilo 60 Pfg. Gloria: Die goldene Peitsche – Ein Film von Liebe, Romantik, schönen Frauen, ritterlichen Männern und edlen Pferden. Bodensee-Lichtspiele: Ein warnender Bildbericht deutschen Fliegergeistes für unsere Feinde! Feuertaufe. Erschüttert und mit verhaltenem Atem erleben wir hier die Eroberung d. polnischen Luftraumes. Jugend hat Zutritt. In schweren Akkorden rauschen die dunklen Wälder über die hohe, karge Rumpffläche des Waldviertels, das mit sanften Schwüngen zwischen Passau und Linz sich nordwärts hebt, in der Ferne mit den blauenden Bergrücken des Böhmerwaldes sich zu vermählen. Und mitten in diesen gesegneten Fluren das Städtchen Braunau am Inn, in dem sich der Genius der gesamtdeutschen Geschichte niederließ und ihn zum Spiegel und Träger deutschen Wesens überhaupt emportrug. Darin ist auch dieser Krieg total, weil er an die Wurzeln der menschlichen Existenz und geistigseelischen Wesenheit des deutschen Volkes rührt. (Es muess seyn! Von Dr. Hermann Baumhauer). Muß das unbedingt sein: Kreidebemalung der Straßen durch Kinder, ganze Straßenzüge und öffentliche Plätze werden durch diese Unart verschandelt. Polizei! Die ganze Einwohnerschaft von Konstanz nahm an dem Geburtstag des Führers lebhaften Anteil. Die Straßen waren in ein Flaggenmeer gehüllt, es gab kein Geschäft, aus dem nicht das Bild des Führers, umgeben von Blumen und Grün grüßte. Eine Feierstunde unter Mitwirkung des Theater-Orchesters, ein Propagandamarsch brachte

Treue und Ergebenheit zum Ausdruck. Nach 19 Uhr setzte sich vom Stefansplatz aus die große Marschkolonne unter Vorantritt der Musiker der SA-Standarte 114 in Bewegung und marschierte durch die Straßen der Stadt. Ein besonderes Ereignis war der Theaterabend der Partei im vollbesetzten Stadttheater. Mozarts »Don Juan« fand eine begeisterte Aufnahme. Im vollbesetzten Konzilsaal fand die Aufnahme der Zehnjährigen in das Jungvolk und Jungmädel statt. Mit einem Sieg-Heil auf Führer und Vaterland und mit dem Fahneneid wurde die schlichte Feierstunde beendet. Die Metallspende zum Geburtstag des Führers hat alle Erwartungen weit übertroffen. Die Volksgasmaskenausgabe für Allmannsdorf findet am morgigen Sonntag im Rathaus statt. Blumen in Freud' und Leid – Blumen zu jeder Zeit: bei Albert Stadtmüller b. d. Stefanskirche.

## 1945

Mein Führer! Der Endkampf beginnt. In diesen Stunden schlägt mein Herz mehr denn je in Liebe und Treue für das herrliche Deutsche Reich und Volk. Die nationalsozialistische Idee wird siegen und alle Teufel überwinden. Meßkircher Land: Von vier im Felde gestandenen Söhnen hat die Familie Veser nun schon drei dem Vaterlande zum Opfer gebracht. Wieder 218 Sowjetpanzer in der großen Abwehrschlacht vor Berlin vernichtet. Damit reckt sich in eine Zeit, die die innere Haltlosigkeit eines Weltgebäudes täglich stärker offenbart, im deutschen Volk der wahre Genius Europas mit einer Gewalt auf, die eine neue Welt gebiert. Den Heldentod für Deutschlands Zukunft starb mein innigstgeliebter Sohn Feldwebel Hans Haug, mein innigstgeliebter Gatte Obergefr. Leo Häusler, unser innigstgeliebter Sohn Gefr. Lambert Stark. Allen herzlichen

Dank für die Teilnahme b. Heldentode unseres lieb. Sohnes Gefr. Eugen Keller, unseres lb. Sohnes Gefr. Alfred Lauf, unseres lb. Sohnes Gefr. Siegfried Kramer, meines innigstgeliebt. Gatten Hans Berwik, unseres lb. Sohnes Grenad. Emil Strittmatter, unseres lb. Bruders Obergefr. Ewald Maurer, meines innigstgeliebt. Gatten Obergefr. Dr. Franz Linder. Mit Wirkung vom 23. April 1945 werden folgende Erzeugerhöchstpreise festgesetzt: Triebkohlrabi, Gr. I üb. 5-8 cm Durchm., je St. Preisgebiet A Rpf 30 Preisgebiet B 30 Preisgebiet C 28 Preisgebiet D 26. (Badischer Finanz- und Wirtschaftsminister-Preisbildungsstelle.) Tausch: Herrenstiefel gegen Damenstiefel. Herrenanzug und H'Halbschuhe guterh. gegen Damenrad. Herrenhemd gegen Kinderstiefel. H'Halbschuhe, 1 Krawatte u. Hemd gegen 3teil. Matratze. Zum Bezug freigegeben sind ab sofort alle bisher gesperrt gewesenen Punkte der vierten und fünften Reichskleiderkarten. Die Verteilung der Spinnstoffe erfolgt nach Versorgungslage, Fliegergeschädigte sind vorzugsweise abzufertigen. Er soll uns bleiben, was er immer ist und immer war: Unser Hitler. Eine große Zugkraft strömt von ihm aus, vom Fenster in der Rosgartenstraße. Es sind eigentlich deren zwei, denn streng in zwei Teile getrennt, wirbt jede Abteilung für sich. Wie man durch sie, die beiden Schaufenster, die Menschen kennenlernen kann. Die meisten Interessentinnen wollen sich davon überzeugen, ob tatsächlich die ausgestellten Wildkräuter auch genießbar sind. Gar manche Frau kam schon wieder und bestätigte voll Stolz, daß der Salat von Gänseblümchenblättchen tatsächlich ausgezeichnet war und daß niemand gemerkt hat, daß gestern der Spinat eigentlich aus Brennesseln bestanden hat. Aber da ist noch das nächste Fenster. Flüchtige Straßenpassanten fragen nach dem Kaufpreis der ausgestellten Wäschestücke. Sie beachten nicht das Schild, das deutlich Auskunft gibt, was uns das Fenster sagen will! Frauen und

Mädel von Konstanz kommt in die Nähstuben der NSF und helft Lazarettwäsche flicken. Überlingen: Kameradschaftsabend zum Geburtstag des Führers in den Kammerlichtspielen. Sämtliche Mädel haben heute um 18.45 Uhr vor den Kammerlichtspielen anzutreten. Erscheinen ist Pflicht. Scala: Opfergang. Hohentwiel-Lichtspiele: Die keusche Sünderin. Jugendverbot. Singen: Achtung Jungvolk! Am morgigen Samstag treten Fähnlein 17/114, 18/114 und 19/114 und das Fähnlein 20/114 am Walther-Flex-Haus zum Jungstammappell an. Achtung. Zehnjährige. Achtung. Ausbildungsgang. Die aus dem Nagold-Tal nach Osten angreifenden feindlichen Bataillone wurden von den Höhen östlich Bad Liebenzell im Gegenangriff geworfen, beiderseits Calw bis zu acht Mal wiederholte Angriffe verlustreich abgewiesen. Weiter südlich erzielte der Gegner dagegen mehrere Einbrüche. Gäbe es keinen Adolf Hitler, würde Deutschland längst schon Beute des Bolschewismus geworden sein. Er wird seinen Weg bis zum Ende gehen, und dort wartet nicht auf ihn der Untergang seines Volkes, sondern ein neuer glücklicher Anfang zu einer Blütezeit des Deutschtums ohnegleichen. Das Chaos wird gebändigt werden. Nicht die Unterwelt wird diesen Erdteil beherrschen, sondern Ordnung, Frieden und Wohlstand. Das war immer unser Ziel, es ist das auch heute noch.

(Der Text besteht aus Zitaten, die entnommen sind der in Konstanz erscheinenden »Deutschen Bodensee-Zeitung« (1933, 1940) und der »Bodensee-Rundschau« (1945). Ich danke dem Archiv des »Südkurier« für die Unterstützung.)

# DER SCHWEIZERISCHE BADEPLATZ

Meine Liebe, von einer sommerlichen Besonderheit in meiner Heimat an (und über) der Grenze will ich Ihnen noch erzählen: dem Schweizerischen Badeplatz. Sie können hier vor allem dies- und jenseits der Grenze auf die überall übliche Weise baden: entweder auf eigenes Risiko dort, wo es verboten oder – nur geduldet ist, oder im Strandbad mit Zaun und Kasse und Kiosk und einer Badeordnung. Eine sonderbare Mischung aus beiden ist die dritte Möglichkeit hier, sich am See zu lagern und in ihn zu waten, nämlich der Schweizerische Badeplatz.

Was das ist? Der Schweizerische Badeplatz ist kein ausgeschildertes Freizeitangebot für jedermann, gar noch für Fremde, wie in Kreuzlingen oder Romanshorn. Er ist eher (und darin der tatsächlich so genannten Schweizerischen Familienfeuerstelle verwandt, ein Fleckchen dörflicher Allmende, freundlicherweise von der Gemeinde ihren Bürgern zur Verfügung gestellt, um dort, wo man es seit jeher getan hat, erlaubt baden zu gehen, weil man es dort sonst unerlaubt täte. Nicht nur baden, auch seinen Hund umherführen, sein Surfbrett wassern, die Kinder hüten oder auf einem Teppich zu mehreren Schülern in einer Buschecke liegen und kichern, ein bißchen rangeln und luegen, wie jemand pfeifend, als wäre nichts, im Schilf verschwindet, um erleichtert wieder zurückzukehren. Denn sanitäre Anlagen hat der Schweizerische Badeplatz kaum und wenn, dann nur in der allerknappsten Ausführung. Allerdings meist ein Bretterbüdchen mit einer Trennwand für die Männer und Frauen der Gemeinde und ebenso für die Sittlichkeit. Ansonsten eine gut sichtbare Verbotstafel am oft unbeschrankten Eingang und ein rostiger Kleinsprungturm im Wasser, eine bröckelnde Mauer mit Treppchen zum Einstieg. Gepflegt wird der Platz vom Gemeindewart, beaufsichtigt von allen, denn ihr Badeplatz ist den zugehörigen Gemeindebürgern nicht weniger wichtig als ihr Schießplatz und ihr Brunnen im Ort. Der Schweizerische Badeplatz hat was Intimes, Familiäres. Und da liegt der Hase im Pfeffer. Wiewohl keinesfalls ausdrücklich untersagt, sind Sie am Schweizerischen Badeplatz als Fremder, erst noch als Ausländer, gar nicht so gern gesehen.

Und sich verstecken, so tun, als gehörten Sie dazu, das geht nicht, weil erstens jeder jeden am Ort genau kennt, zweitens Ihre Sprache Sie verrät, drittens an Ihrem Rad (das ein Velo ist) das leuchtend rote Versicherungsschild fehlt, das mit einem kurzen Blick einen Schweizerischen Velofahrer vom Rest der Welt unterscheidet. Also: unauffällig können Sie sich nicht auf dem Badeplatz tummeln, und mit gutem Recht auch nicht, weil er ja kein Strandbad ist und weil Sie mit keinem Franken ein Recht, hier zu baden, erworben haben. Aber aufsuchen tun Sie trotzdem den für Sie als Fremden etwas unheimlichen Schweizerischen Badeplatz (als latschten Sie einem quer durch seinen Garten), denn er ist öffentlich zugänglich. Am konsequentesten ist man bei einem Schweizerischen Badeplatz nahe Eschenz am Rhein verfahren. Man hat kurzerhand an seinen beiden Heckeneingängen zwei sehr unübersehbare Tafeln aufgerichtet, mit denen der Fremde barsch davon unterricht wird, daß die Benutzung dieses Badeplatzes nur Ortsansässigen gestattet sei. Eine klare Sprache! Denn schließlich berappt die Gemeinde diesen Badeplatz; und wenn nun jedermann, der auf dem gerade von Deutschen so stark frequentierten Bodensee-Rad- und Wanderweg hier vorbeikommt, seine staubigen Glieder in den See und sich da auf die Ortsbürgerwiese – nein, nicht auszudenken! Anderswo geht man soweit noch nicht. Aber man weiß, daß man als Fremder (was am Schweizer Ufer des Untersees ja fast gleichbedeutend ist mit Deutscher) eher übel als wohl gelitten ist auf dem Schweizerischen Badeplatz.

Und am Untersee liegt der Badeplatz, der mir der allerliebste ist und auf dem ich zu fast allen Jahreszeiten hie und da einige Stunden verbringe. Er liegt etwas abseits von Straße und Wanderweg, ist nicht sofort erkennbar und deshalb gottlob oft ziemlich leer, teils eingeschlossen von hohen Bäumen, ein tatsächlich noch guter alter wackliger Brettersteg, der quietscht und brüchig und zutrittsverboten ist, schiebt sich wie eine Aussichtsplatte vor das Schilf in den See, und drei Bänke sind noch da, ein Tisch aus rohem Stamm. Hier ist gut sein. Wäre gut sein, wäre man eben nicht Fremder, Konstanzer. Mißtrauisch schauen alle, der Hundeführer, der streng blickende Zöllner, jemand, der auf die Länge eines halben Kiels auf der Bank sitzt, ein anderer, der sich an einem Boot am Wackelsteg zu schaffen macht. Gut spürbar, daß man hier ein Fremdkörper ist, gerade wenn man im Frühjahr oder Herbst hier sitzt und liest oder gar schreibt, und man fragt sich dann, ob man vielleicht doch ein neues Schild »Nur für Ortsansässige!!!« übersehen haben könne am Eingang, vor dessen Schranke man ordentlich sein Velo abgestellt hat, das verräterische, das einen zum Konstanzer stempelt. Und ordentlich vor der Schranke abstellen, das tue ich jetzt immer mit Gewissenhaftigkeit. Denn einmal, es war schon fast Winter, habe ich das Fahrverbot am Eingang etwas großzügig als Nicht-Schiebe-Verbot ausgelegt und das Velo, um es in der Einsamkeit des verlassenen Platzes im Blick zu behalten, mit mir auf den Schweizerischen Badeplatz genommen. Aber so einsam es auch schien, irgendwo wacht doch immer ein Auge über den Fremden. Es dauerte also nicht lang, da kam eine sehr respektvolle Person und erregte sich über meine Zuwiderhandlung gegen das Fahrverbot, das selbstverständlich auch Schiebeverbot sei und ließ auch nicht die auf der Eingangstafel angedrohte harte Frankenbuße unerwähnt. Wie gesagt: Es war fast Winter und niemand außer mir hatte Interesse am Schweizerischen Badeplatz. Ich machte erst freundliche Mienen, weil ich nichts verstand, aber als ich kapiert hatte, gelang es mir nur mit Mühe, den Zorn des Ortsbürgers zu besänftigen und die Buße abzuwenden. Das kam nicht nur, weil der Schweizer es gern ordentlich hat und gern kontrolliert, ob es die andern auch ordentlich haben, das kam auch aus dem sowohl ökonomischen wie nationaldörflichen Ärger darüber, daß ihr Schweizerischer Badeplatz einfach »überfremdet« wird. Und das wird er gerade im Sommer; da sind die Ortsansässigen (ich sage nicht Einheimischen, denn wo endet die Heimatgrenze?) gegenüber den Konstanzern in der Minderheit. Einmal fand ich, nachdem ich lange auf dem Platz allein mit den Enten gesessen hatte, mein ordnungsgemäß abgestelltes Velo platt, die Pumpe gar nicht mehr. Eine deutliche Lektion über den Charakter des Schweizerischen Badeplatzes, für einen Streich zuviel, für einen Akt des Hasses zu wenig, denn die Pneus waren unversehrt. Die plötzlich so langen Kilometer heim über die Grenze schob ich das Velo, als die Wut verraucht war, in Gedanken über das Problem des Schweizerischen Badeplatzes.

Das Problem ist Konstanz. Denn einerseits sind die Badplatzhüter in ihrer Eifersucht zu verstehen, andererseits ist halt für manche Altstadtkonstanzer die Heimat auch noch hinter der Grenze. Sie werden sagen: Achwas, Grenze ist Grenze. Hier eben nicht. Natürlich ist die Grenze eine weißgott dicke Mauer, seitdem der Thurgau nicht mehr zum Bistum Konstanz gehört, die Schlacht bei Schwaderloh gründlich verloren wurde und seit der Nazizeit zumal. Und trotzdem empfinden die linksrheinischen, zwischen Wasser und Grenze eingeklemmten deutschen Besiedler des Schweizer Seeufers das Land hinter der Grenze auch als ihr Zuhause. Dort graben sie ihre Kleingärten um, dort ist das nächste Feld, der nächste

Spazierweg, von dort pfeift vertraut die SBB in ihre Nächte. Und dort liegt ihr nächstes Strandbad, das aber eben ihr Strandbad nicht ist. Der Gang über die Grenze ist der direkte Weg ins natürliche Umland. Aber nur natürliche, mehr nicht; ein Recht, Land und Ufer vor seiner Tür zu betreten, hat der Konstanzer natürlich nicht. Und trotzdem fahren wir hinüber zum Schweizerischen Badeplatz – hoffend, daß die rechtmäßigen Anstößer uns weiter mal freundlich, mal mürrisch dulden, und zitternd, daß da doch das Schild stehen könnte: »Die Benutzung des Badeplatzes ist nur Ortsansässigen gestattet. Zuwiderhandelnden droht eine Busse von Fr. 50. Der Gemeindevorsteher. «

# DIE SCHREIBGRUPPE AN DER UNIVERSITÄT

Nicht von Verfahren, Themen oder theoretischen Aspekten der Kreativität, sondern von Erfahrungen will ich reden, die ich seit acht Jahren in Veranstaltungen an der Universität gesammelt habe, an denen Schreiber und Interessierte, Studentinnen und Studenten meist, aber auch Externe, teilgenommen haben. Im Mittelpunkt dieser Erfahrungen stehen nicht Texte, vielmehr das Schreiben als Problem der Persönlichkeit. Deshalb sind sie auch nicht generell auf die Schule übertragbar. Einmal verlieren die Studenten, die sich professionell mit Literatur beschäftigen und den Kopf voller Texte, Normen und Literaturgeschichte haben, Unbefangenheit und Zutrauen; zum andern und wichtiger noch: Das Schreiben oder Schreibenwollen ist nun ungleich entschiedener als zur Schülerzeit verklammert mit den Sorgen des Erwachsenwerdens, der Selbstfindung, der Ich-Bildung. Erstmals fort von Zuhause, wirklich allein und auf sich geworfen, in einem anonymen Ausbildungsbetrieb, konfrontiert mit der Notwendigkeit, das Leben ganz selbständig zu führen und zu verantworten, in der Enttäuschung, daß das Studium quer zu den an es geknüpften Erwartungen steht, vage suchend nach Möglichkeiten, ein ›erfülltes‹ Leben zu führen – in dieser biographischen Kippsituation gewinnt das Schreiben oder meist nur das Schreibenwollen eine existentielle Bedeutung, es wird zum Fluchtort oder zum Projektionsraum der vereinsamten Innerlichkeit. Im Vergleich zu schulischen, zumal der Mittelstufe, verschwindet in den unversitären Texten das Spielerische. Visuelle Poesie, Montagen mit vorgegebenem Material, Komik und schlichtes Bekenntnis weichen der Introvertiertheit. So leichte Gebilde wie diese einer zehnten Klasse kommen nicht mehr vor:

YESCHTERDEI

*a meim Fahrrad isch de Klingel hei*
*und die Handbrems isch au*
*nimme nei*
*a meim Fahrrad isch älles hei*

oder:

LIED JENSEITS
(zu Celans »Fadensonnen«)

*Im Land Frebüliefrie*
*da streitet man nie.*
*Im Land Brüliefriefre*
*da ist man frei wie ein Reh.*
*Im Land Briefriefrebrie*
*da gibt es Fehden nie.*
*Im Land Friefrebrülli*
*da hassen wir uns nie!*
*Auch nicht die Schlangen*
*sind dort*
*in Käfigen gefangen.*

Von 16 oder 17 oder 18 an, und dies verschärft sich eben in der sog. studentischen »Wanne« zwischen Schule und Beruf, wird es ernst und schwer:

*Glutrot steigen Nebel aus der Au*
*Verlieren sich im Himmelgrau*
*Lösen sich auf im Lauf der Welt*
*Ohne Zweck und sinnentstellt.*
(3. Semester)

Oder:

*Ich bin nicht mehr*
*und ich bin auch noch nicht*
*doch was, was denn nur!?*
(2. Semester)

Oder:

*Wie Regentropfen fallen Gedanken*
*herab*
*in meinen inneren See*
(4. Semester)

So sehr sind wir in der Schreibgruppe an altexpressionistische oder neusensible Existentialgedichte gewöhnt, daran, Texte als psychische Symptome zu betrachten, daß wir uns zwei Stunden einfühlsamst mit einem schwülhermetischen Gedicht befaßten, das so begann: »Nie jetzt und früher Netze mir drohten«. Dann erst enttarnte der Autor, daß er Rilkes »Panther« von hinten und spiegelbildlich gelesen und assoziativ neu semantisiert hatte. So wurde aus der Zeile »Und hört im Herzen auf zu sein«: »Nies uz fua Nezreh mi fröh dnu«, und dann: »Nie jetzt und früher Netze mir drohten«. Ein guter Einfall, denn an solchen Texten können Schreiber und Leser viel über ihre Assoziationen und Interpretationen lernen, über ihren Sinnapparat. Wir waren auf die Idee, daß sich hier jemand einen raffinierten Spaß hatte machen wollen, gar nicht gekommen, weil wir uns in der Regel mit Seelenbekundungen auseinanderzusetzen haben, wobei übrigens Studentinnen zu Stimmungsmetaphern neigen wie »blaues Schweigen des Alls« oder »leere Tränen«, während Studenten mehr das belesene Kalkül bevorzugen, das sich in der Diskussion oft als Schutzmantel gegen Gefühligkeit aufdeckt. Sprachreflexion und Seele kommen selten zusammen wie in diesem knappen Gedicht einer Studentin:

LIEBESGEDICHT
*Gestern wir*
*Heute du und ich*
*Morgen du und sie, er und ich*

Schreiben oder der Schreibwunsch ist Teil einer krisenhaften Persönlichkeitssituation. Deshalb ist in der universitären Schreibgruppe die Hauptaufgabe nicht, über literarische Qualitäten zu reden, sondern gemeinsam sich anhand von Texten über die verletzte Seele zu verständigen. Wir können nicht so tun, als seien wir Profi-Schreiber und Literaturkritiker oder Geschmackslehrer. In der universitären Schreibgruppe (und ähnliche Erfahrungen habe ich mit Strafgefangenen und Alten gemacht) steht nicht das Produkt im Vordergrund, sondern die sich an ihm artikulierenden Erlebnisse – dies nun nicht in psychiatrischer Absicht, sondern mit dem Augenmerk auf die Differenz von persönlichem Befinden und Text. Schreiben als Relation von Person und Text macht den hauptsächlichen Bezugspunkt für die universitäre Schreibgruppe aus. Also ist der Akt des Schreibens wichtiger als das Geschriebene selbst. Diese selbstbezogene seelische Funktion liegt wohl meist im Schreiben. Daß jedoch Selbstkundgabe, der Appell zum Gehörtwerden, der Wunsch, sich ›irgendwie‹ auszudrücken, den Gestaltungswillen einer Mitteilung so überwiegen, daß nicht gezielt für andere geschrieben wird, dies ist für diese biographische Kippsituation charakteristisch, und dem hat sich die universitäre Schreibgruppe zu stellen. Ich mußte das erst lernen. Als Schreibunterricht, als ein Seitenpferd zum Literaturunterricht waren diese Veranstaltungen von mir geplant. Mir ging es um sprachliche Kreativität, Textsensibilität und um eine gemeinsame Schule des literarischen Geschmacks. Genau das war gar nicht gefragt. Nur nichts Lehrplanwürdiges. Nicht belehrt werden, nichts Dozentiges mit seiner ganzen akademischen Hackordnung; man wollte nur gehört werden, verstanden und ernst genommen; mit dem, was einem tatsächlich oder als Wunsch so lieb und viel wert ist, in Kontakt kommen mit denen, die gleiches tun; Erfahrungen austauschen; eine

Gemeinsamkeit herstellen; die Einsamkeit des Schreibens aufbrechen. Manchmal liegen Mappen mit Gedichten in meiner Post, anonym; ein Urteil will man schon, aber bitte da und dorthin, wo es abgeholt wird; sich keine Blöße geben; nicht auch noch mit dem Intimsten zum Sonderling, Versager werden, zum I-Männchen. So heikel ist das. Schreiben geschieht heimlich. Aber heraus soll es doch. Die Schreibgruppe ist für die Mutigsten eine Gelegenheit dazu. Wir verlegten die Veranstaltung aus der Universität; allein die Räume und die Tische, an denen man sonst auch schwitzt, hemmen. Nach Jahren erst gelang es uns, eine freundliche Atmosphäre zu schaffen, Attitüden zu vermeiden, den Konkurrenzdruck zu mindern, damit die Angst zu nehmen, die Hemmschwelle, den Verdacht zu beseitigen, wir seien eine Gruppe 47 mit ›Elektrischem Stuhl‹ – so erst kam es zu einer Schreibgruppe, in der auch die Verletzlichen den Mut fanden, ihre Texte zur Diskussion zu stellen.

Woher diese Verquickung von Schreiben und Selbstbewußtsein? In der spätpubertären Lebenssituation wird nur Allgemeineres verschärft deutlich. Zum einen unsere problematische moderne Subjektivität mit all ihrem Leiden, Mangelgefühl, ihrem unerlösbaren Narzißmus, ihrer introvertierten Sehnsucht nach Selbstverwirklichung, Liebe, all dem, was ja seit Goethes »Werther« auch die moderne Literatur kennzeichnet. Dieses: Wer bin ich? Wozu lebe ich? Wie kann ich ich sein – diese moderne Zweifellage ist ja normal, das Resultat eines Verlustes von unbezweifelbarer Sinnhaftigkeit, der labilen Stellung des Ich in einem unheimeligen Gesellschaftssystem, der neurotischen Lebensformen, des unaufhebbaren Konfliktes zwischen Wunsch und Wirklichkeit. Und zweitens: Diese normale Zweifellage verbindet sich auf ungute Weise mit dem Schreiben(wollen). Der Katalysator dieser unguten Verbindung ist die Dichtungsideologie, der Dichterkult.

Früh schon verinnerlicht, führen sie zur trügerischen Hoffnung, daß das Schreiben eine Erlösung oder ein Zurechtkommen mit der Zweifellage bringen könne. So wird Mißlingen oder Gelingen im Schreiben zur Urteilsinstanz über das Leben. Eben weil Schreiben zum Außergewöhnlichen stigmatisiert wurde, steht mit ihm die Existenz auf dem Spiel. Ein sterbender 80jähriger Mann gab mir ein Paket handgeschriebener Gedichte. Wenigstens ein Bändchen Gedichte, dann sei sein Leben auch nach dem Tode sinnvoll, da er im Grunde immer nur eines gewesen sei: Dichter. Warum eigentlich will jeder siebte Volksschullehrer Dichter sein? Welche falschen Träume werden da geträumt? Warum gibt ein 50jähriger Ingenieur seine Arbeit auf, läßt sich die Rente ausbezahlen, läßt sich scheiden und zieht sich zum Romanschreiben in die Toscana zurück, um sich, nachdem der Roman keinen Verleger findet, umzubringen? Wir alle sollten uns bemühen, die fatale Verquickung von Selbstbewußtsein und Schreiben aufzulösen, skeptisch gegenüber falschen Träumen zu werden, gegen Dichterkult und Dichtungsideologie, sollten lernen, daß Schreiben nicht die höchste Form der Selbstverwirklichung ist, sondern mühevolle Arbeit, Lebensillusion, daß auch Schreiben dem gesellschaftlichen Kampf nicht entkommt.

Aber gehandelt wird mit der Falschmünze des Dichtkultes ja überall. Der Künstler: der eigentlichere, der wesentliche Mensch, das Genie, der alter deus. Und wer wollte das nicht sein – siehe Tonio Kröger. Der Vetter meines Onkels ist Dichter! Echt? Und war im Fernsehen? Wahnsinnig! Daß er trinkt und von seiner berufstätigen Frau am Leben erhalten wird, gehört zur Aura. Und die Mythen des Kulturbetriebes und die Sprüche des Bildungsbürgertums korrigieren nicht einmal die, die es besser wissen: die Schreiber selbst. Denn dieser Heiligenschein eignet sich zu gut als Werbemittel im sozialen Konkurrenzkampf.

Der Dichtkult ist abgesunkenes Gut der modernen Ästhetik, dem die Schreiber zu gerne auf den Leim gehen. Wie auch nicht in einer Zeit, die sich ein kitschiertes Bild von Romantik und Fin de siècle zur Schlüsseltradition wählt, die plötzlich wieder schamlos die Worte Dichter und Dichtung benutzt, in der Universitätsästhetiker das Heil in der Kunst versprechen. Wie Jogging und knackige Salate nun auch Schreiben als Weg zur individuellen Glückserfüllung für die rastlose *Me*-Generation: Schreiben als Selbstfindung, Aufhebung der Entfremdung, Selbsttherapie, als Identitätsherstellung und was noch. Aber dies hatte die deutsche Ästhetik, von der sich solche Maximen ableiten, gar nicht gemeint.

Der Grundgedanke dieser Ästhetik ist: Die Moderne ist geprägt durch die Erfahrung der Entfremdung, Diskrepanzen überall; keine Harmonie mehr zwischen Einzelnen und Gattung, dem Subjekt und der Natur, zwischen Denken und Fühlen, Phantasie und Realität. Auf dem Rücken der nach der Mitte des 18. Jahrhunderts entstehenden Geschichtsphilosophie und der Identitätsphilosophie bildet sich eine Ästhetik mit Herder, Schiller, Schelling und reicht über Engels und Lukács zu Adorno und Bloch, die der Kunst zutraut, auch unter den herrschenden Entfremdungsverhältnissen eine Versöhnung von Subjekt und Objekt, Schein und Sein, Wesen und Erscheinung, Ich und Allen, von Reflexion und Sinnlichkeit zu leisten und damit Vorschein einer wünschbaren Totalität zu werden. Wiewohl ich argwöhne, daß diese Ästhetik die von der Religion hinterlassene heilsgeschichtliche Lücke stopfen will und somit Kunstreligion betreibt, sind mir diese Gedanken auch ganz lieb; ich will sie auch gar nicht angreifen. Nur darf man doch nicht übersehen, daß diese Ästhetik eine Werkästhetik ist. Sie beschreibt das Wesen des Kunstwerks in systematischer Absicht und postuliert hieraus dessen Funktion. Auf gar keinen Fall aber ist sie Produktionsästhetik. Was immer Hohes sie auch der Kunst zuschreibt, so sagt sie doch nicht, daß dies auch der subjektive Erfahrungsinhalt des Künstlers sei. Aus ihr also abzuleiten, daß Schreiben Identität herstelle, die Widersprüche aufzuheben ermögliche, daß Schreiben die einzige Form nicht entfremdeter Arbeit sei, finde ich systematisch unredlich, psychoanalytisch dumm, ignorant gegenüber Autorenbiographien. Sicher hat der Schreiber auch sein Glück und seine Macherlust, auch wenn diese masochistisch ist. Doch Schreiben therapiert nicht, erlöst nicht aus Zweifellagen, schafft Leiden nicht beiseite und Liebe herbei, Schreiben ist eine für Selbstzerstörung höchst anfällige Tätigkeit, häufig genug latent suizidal. Endlich ganz ich sein, glücklich und befriedigt, endlich einen Zipfel der Wahrheit packen und sich der hinfälligen Geschichtlichkeit überheben – ja, wir alle wollen es ein Leben lang. Und es gelingt oder es gelingt ein Leben lang nicht, meist beides zugleich. Zum Gelingen ist Schreiben kein besonders geeignetes Mittel. Dies zu bedenken in einer Gruppe, in der sich Menschen finden, die aufgrund ihrer Lebenssituation den Traum von der Selbstverwirklichung glücklicherweise noch heftig träumen, wenn auch vag schweifend, die diesen Traum aber unglücklicherweise mit dem Traumklischee einer poetischen Existenz verbinden, ist wichtig. An Sprache arbeitend, an der Frage, warum diese Perspektive gewählt wurde, diese Metapher, warum ein ›ich‹ oder die dritte Person, warum und wie sich das erlebende Ich so in den fiktionalen Text verschob, konnten wir in einigen Fällen zusammen einsehen, wie groß die Gefahr ist, daß Schreiben zur Flucht wird, zu schlechten Tagträumen, zur Stilisierung einer heldenhaften Einzelheit – wo doch genau das Gegenteil gewünscht war, nämlich die Erlösung in Praxis. Daß jemand nach Wochen bitteren Schluckens es aufgibt, die Tage im Bett zu verbringen, die Nächte mit

Rotwein oder durch die dunklen Straßen, immer auf der Suche nach einem Stoff, daß er nun in der Theatergruppe spielt und das viel schöner findet – dies ist ebenso ein Erfolgserlebnis in der Schreibgruppe wie wenn es gelang, jemandem Mut zu machen, in dieser oder jener Richtung an seinem Text weiterzuarbeiten. Lernen, die Sehnsucht nach mehr Glück nicht an das Kultbild vom Dichter zu heften, heißt auch lernen, daß Schreiben mühevolle Arbeit ist, Lebensillusion sein kann, daß Schreiben nicht dem gesellschaftlichen Kampf entkommt.

*Schreiben ist Arbeit.* Daß Genialität zu 90% aus Sitzfleisch besteht, ist bekannt und trotzdem wahr. Blaues Frühlingswetter macht ebenso Poeten wie neblichte Novembertage. Allein: Die gute Stimmung macht noch keine guten Verse. Mit dem Schreiben spontan Stimmungsverdichtung herauslösen zu wollen, ist zentrales Motiv für studentisches Schreiben. Wes das Herz voll ist, des läuft das Maul über – so rauscht auch der Dichter in einem Zuge nieder, was ihm die Muse ins Ohr küßt; und schließlich beherrscht man ja die Sprache im Gegensatz zur Tonleiter und zur Zentralperspektive. Groß die Enttäuschung, wenn der Text nicht mitteilt, was in der Brust kochte. Lernen, daß Schreiben nicht spontane Entäußerung ist, sondern die mühselige Herstellung eines Gefühlsausdrucks. Lernen, daß Schreiben nur für den lustvoll sein kann, dem diese allmähliche Verfertigung eines Kunstgefühls, einer angeb-lichen Spontaneität, der Fiktion von Authentizität, Spaß macht, und nur für den, der sich dazu die Geduld zutraut.

*Schreiben ist Illusion.* Wie das Schulmeisterlein Wutz sich seine Bibliothek selbst zusammenschreibt, so schreibt sich der Schriftsteller seine Welt selbst. Aus der traurigen Einsicht, daß diese Welt einen nicht hinreichend versteht und sich überhaupt sperrt, so zu sein, wie man sie sieht, zieht der Schreiber die Konsequenz, die Welt nach seiner

Weise zu gestalten und zugleich sich selbst dabei ins angemessene Licht zu rücken. Die Welt nach seinen Regeln bauen zu können, halte ich für das letztlich wichtigste Faszinosum am Schreiben. Der zweite Gott. Kunst als Projektion des Subjektes, die mit dem Anspruch des So-Ist-Es objektiv werden soll. Es ist die gleiche Struktur wie bei der religiösen Projektion. Feuerbach aber wollte nur die Religion als Fortschrittshemmer beseitigen, nicht die Kunst; einverstanden – solange die Kunst nicht Religion wird. Daß jedoch im Schreiben stets auch Momente der Illusion, der Täuschung und Selbstgerechtigkeit liegen, wurde in einer Diskussion der Schreibgruppe besonders deutlich. Nach einem Wochenende beschrieben Teilnehmer die vergangenen Tage jeweils aus ihrer Sicht in Gedicht, Satire, Dramolett. Manches, was nur gedacht oder empfunden worden war, kam so ans Licht – und das ist gut. Klar wurde aber auch, wie viel vom andern jeweils als ungerecht empfundenes Typisieren, Festnageln und Mißverstehen im Schreiben enthalten ist. So groß die Freude war, Realität unter seiner Perspektive wiederzugeben, so heilsam auch die Einsicht, daß die stattgehabte Versöhnung von Subjekt und Objekt, die schreibende Herstellung der Identität und die Herausbringung der tieferen Wahrheit und sofort ganz schlichte moralische Probleme impliziert, daß der Dichter keineswegs per se das Sprachrohr einer wirklichen Wirklichkeit sein muß, sondern auch seine Eitelkeit, Rachsucht, Rechthaberei und Selbststilisierung ausschreibt wie Fritz Zorn in »Mars«. Lernen, der Lust an der selbstgeschriebenen Wirklichkeit auch zu mißtrauen, das Schreiben auch als Erkenntnismittel zu benutzen, zu fragen: Wie und warum modele ich Wirkliches zu meinem Bilde von ihm um?

*Schreiben entkommt dem gesellschaftlichen Kampf nicht* – und ist somit entfremdete Arbeit wie jede andere auch. Wer schreibt, steht schon in Konkurrenz. Von Beginn an stehen Schreibwunsch und Schreibziel in Konkurrenz zu sozialen Normen: Ein Dichter sein wollen wie Achternbusch, nicht Grass; schreiben wollen wie Thomas Bernhard – oder eben Svende Merian und Charles Bukowski. Das ist nicht nur literarisches Orientieren und Lernen, sondern immer schon die Abhängigkeit von sozialer Geltung. Ich zweifle, ob es das gewissermaßen Robert-Walsersche Nur-Für-Sich-Schreiben überhaupt gibt. Schreiben ist auf Publikation bezogen, diese unaus weichlich auf den Markt. Wie groß die Abhängigkeit von der Konkurrenz, von der sozialen Geltung ist, zeigt sich immer wieder, wenn sich der übliche Mißerfolg einstellt, wenn der Schreiber, der doch Suhrkamp und Bestenliste im Kopf hatte und sich für mindestens zweimal besser als Handke hielt, nur Absagen bekommt, wenn diese überhaupt. Es sind die härtesten Niederschläge für den Schreiber. Das Versagen auf dem Markt wird zum Versagen der ganzen Person. Lernen einzuschätzen, wie wichtig einem der ganz private und der soziale Gewinn am Schreiben ist. Lernen, Themen und Schreibhaltung möglichst aus sich zu finden und nicht im absetzenden Vergleich zu Geltendem. Lernen, was man wirklich möchte und kann – und dies in einer solidarischen Gruppe, nicht im imaginären Dialog mit dem Literaturbetrieb, nur so ist die Konkurrenz im Kopf kleiner zu halten, zu besiegen ist sie nie, auch dann nicht, wenn man gedruckt wird, im Gegenteil: Mit dem scheinbaren Erfolg verschärft sich der Konkurrenzdruck, leider, ich weiß es. Sich zusammen eine Gelegenheit schaffen, seine Texte und damit unweigerlich sich selbst zur Diskussion zu stellen, ohne dem Konkurrenzdruck anheimzufallen, der Lust am Verreißen und der Angst vor dem Zerrissenwerden, das Schreiben also versuchsweise zu entneurotisieren, scheint mir vordringlich für die universitäre Schreibgruppe. Es ist ein Irrtum zu meinen, man könne lediglich expertenhaft über literarische Qualitäten diskutieren. Zu sehr steht immer Seele auf dem Spiel. Darauf keine Rücksicht zu nehmen, soll getrost dem sog. Literarischen Leben überlassen bleiben, den Institutionen des Kulturbetriebes, für die nicht ohne Recht lediglich die Qualität oder die interpretationsfähige Relevanz zählen. Für die universitäre Schreibgruppe ist mir immer notwendiger erschienen, sich zugleich literarisch und menschlich auszusprechen in einer Institution, in der sonst nur Produkte, nicht Subjekte zählen (müssen?). Gewiß jedoch könnte ich die Schreibgruppe nicht als eine Stunde meines Semesterdeputates vertreten, wenn ich nicht auch der Meinung wäre, daß sie durchaus auch der literarischen Ausbildung dient. Mit literarischer Ausbildung meine ich etwas, das einerseits, wiewohl nicht strikt wissenschaftlich, der literaturwissenschaftlichen Ausbildung zugute kommen kann, andererseits, wiewohl keine Schreib- oder Lektorierungsschulung, auch dem Umgang mit Texten in einer schulischen Schreibgruppe oder einer lektorierenden Tätigkeit in den Medien nützen kann. Von vielen diffusen Erfahrungen in diesem Zusammenhang will ich drei herausgreifen.

*Fiktionalität*: Daß Texte fiktional sind, also aus sich selbst verstehbare Konstrukte aus Erlebnis, Beobachtung und Phantasie, ist zwar ein zu lernendes Axiom der Literaturwissenschaft, das jedoch in der Praxis des Lesens und Schreibens wie kein anderes außer Kraft gesetzt wird. Dies zumal bei Texten, die Merkmale des literarischen Syndroms ›Authentizität‹ aufweisen. Fiktionalität, fürchte ich, kann man nicht wissenschaftlich, sondern nur praktisch lernen, also in der unmittelbaren Konfrontation von Schreiber und Leser, von Intention und Rezeption. Gerade der spontan und stimmungssatt schreibende Anfänger erfährt durch die Reaktionen in der Gruppe, daß »alles irgendwie nicht so rausgekommen ist«, das heißt: daß er den Text nicht vom Entstehungskontext hat lösen können. Meist trägt er dann beredt seine Absichten und Erlebnisse nach: Das und dies hat er sagen wollen, weil er das wirklich so erlebte undsofort. Der Text ist für ihn die Spitze des Eisberges von Assoziationen, Erinnerungen, Absichten, der für den Leser aber unter der Textfläche unsichtbar bleibt. Fiktionalität, merkt der Schreiber, bedeutet, ein Konstrukt zu erstellen, zu typisieren, den archimedischen Punkt zwischen den Subjekten zu treffen, den Text situationsunabhängig zu machen. Gelingt nun so ein Text, der die Bedingungen seines Verstehens in sich trägt, so erkennt auch der immer neugierige Leser, daß auch scheinbar private Texte nie das unverwechselbar Individuelle abbilden, sondern auffüllbare Muster, Exempel, Passepartouts von Subjektivität repräsentieren. Was auch an fiktionalen Texten unkonstruierbar ist, was also ihren eigentlichen authentischen Gehalt ausmacht, dies ist eben nicht aus den Ereignissen des Textes zu schließen, nicht durch Rückrechnung des Textes auf den Autor erschließbar, sondern liegt in der unhintergehbaren Schreibweise eines Autors, seiner unverstellbaren Mischung von Bildern, Ereignissen, Stil, die erst durch ihre Redundanz erkennbar wird. Die spannungsreiche Differenz von Leben und Text muß man am Leibe erfahren, um zu kapieren, was Fiktionalität ist und wo sie endet. Mit Theorien allein gehts nicht – zumal sich ja rapide das typisch moderne Lesemuster, Texte naiv als Selbstbekundungen zu verstehen, ausbreitet. Das autobiographisch schnüffelnde Lesen samt dem ihm entsprechenden Schreiben, quasi das »Werthern«, könnte in dieser subjektbessesenen und zugleich subjektlosen, weil formiert subjektiven, Zeit derart erschlagend werden, daß sich auch auf dem Gebiet der Literatur das Gespür für den Scheincharakter verliert, an den wir unentwegt Medien Konsumierenden uns so gewöhnt haben.

*Subjektivität des Urteils:* Auch dies eine Binsenwahrheit. Jeder gesteht sie sofort ein. Und jeder hält dann doch sein Urteil für das richtige. Erfahrbar wird die Subjektivität des Urteils und der Interpretation nur in der von Behauptungszwängen freien Konfrontation verschiedener Subjekte.

*Es schreit*
*dort fern im All*
*lautloser Fall*
*und weint*

Als ich diesen Text aus der Schreibgruppe las, dachte ich sofort an Expressionismus, Trakl vor allem, und: So geht das nicht mehr. Doch die Studenten waren weitgehend fasziniert. Und da ich sie, aus der Dozentenrolle hier glücklicherweise befreit, ernst zu nehmen gelernt habe, war ich irritiert, wurde mein Urteilsmaßstab erschüttert, dessen Subjektivität ich sofort zugestanden hätte, für den ich aber doch Wahrheit reklamiert hätte, weil in Institutionen das Selbstbewußtsein davon abhängt, daß man eben mehr Recht hat als andere. Mir wurde klar, daß mein Maßstab von einer Vorstellung literarischer Evolution ausgeht, in der sich Verfahren überholen und zu Klischees werden. Das gewissermaßen literaturhistorische Urteilen wurde von den Studenten einfach nicht akzeptiert. Wir stritten darüber, denn über Geschmack läßt sich streiten und muß gestritten werden. Geschmack ist nicht an Autorität gebunden. Das muß man miteinander lernen. Das muß Maxime für den Dialog über Geschmacksurteile werden, damit der Urteilsdogmatismus abgebaut werden kann, der jeden ernsthaften Diskurs über Geschmacksfragen blockiert.
*Ästhetische Argumentationsfähigkeit:* Texttheorie lernt man, Interpretieren manchmal auch. Schlimm aber ist die

sprachlose Unfähigkeit, Lektüre und Urteil am Text zu demonstrieren und festzumachen. Die Gewaltenteilung hat dies der Literaturkritik überlassen, von ihr hängen wir unmündigen Leser völlig ab. Selbst klügste Literaturwissenschaftler können ihr Leseerlebnis nicht verbalisieren. »Das hat mir gut gefallen«, »Das hat mich echt betroffen gemacht«. Ja, was denn, wie denn? »Also zum Beispiel, wie da der die Frau trifft, also das fand ich brutal gut«. Aus. In der ästhetischen Argumentation werden wir Analphabeten. Wie über ein Fußballspiel, ein Theaterstück, einen Film bilden wir auch über einen Text erst dann eine Meinung, wenn wir eine Rezension dazu gelesen haben. Dieser Entmündigung muß das Lernen ästhetischer Argumentation entgegengestellt werden.

*Es schreit*
*dort fern im All*
*lautloser Fall*
*und weint*

Wir haben in der gemeinsamen Diskussion herauszufinden versucht, was denn da so fasziniert hat. Verkürzungstechnik, rhythmische und klangliche Raffinesse, unbestimmt pathetische Worte, ein existentiell auffüllbarer Hermetismus. Keine Interpretation, keine Theorie. Der Versuch zu artikulieren, was fasziniert oder mißfällt. Erst wenn man Eindruck und Textverfahren auch mit dem Risiko, sich zu verhauen, nebulös zu stochern, gegeneinander hält, wird die Fähigkeit gebildet, am Text entlang, also argumentationsfähig, das Leseerlebnis diskutabel zu machen. So wird auch Textsensibilität gewonnen als eine Aufmerksamkeit für die ästhetischen Verfahren eines Textes, die nicht gleich für die interpretative Vereinnahme selegiert und systematisiert und vereindeutigt werden.

Mit diesen Hinweisen auf eine mögliche curriculare

Dignität der Schreibgruppe will ich enden. Aber ich will die Schreibgruppe nicht mehr mit starrem Blick auf Prüfungsordnung legitimieren. Entgegen ihrem Ruf sind selbst Germanisten Literaturliebhaber, oft genug heimliche Schreiber, der Gegenstand ihres Studiums ist ihnen nicht so wurscht. Ganz besonders nicht bei den jetzigen Studenten. Die auf der illiteraten Studentengeneration herumhauen, mögen sich doch einmal vor Augen halten, daß gerade diese Studenten mit ihrem Studium gar nichts mehr werden können. Mehr als frühere Generationen wählen sie in vollem Risiko das Literaturstudium – warum, wenn nicht aus Interesse am Gegenstand? Wären sie so illiterat, wie sie die professoralen Kulturkritiker sehen, und wären sie so vernünftig, wie sie die Kulturbehörden haben wollen, wären Leistungskurse Deutsch und wäre die universitäre Literaturwissenschaft längst geliefert. Und deshalb finde ich es schlicht notwendig, daß es in der die subjektive Leidenschaft exorzierenden Wissenschaft eine Oase gibt, in der der persönliche Bezug zum Gegenstand zur Geltung kommen kann. Ob soviel Vorweisbares dabei herauskommt, ist eine Frage. Aber selten habe ich an der Universität so für alle menschlich befriedigende Veranstaltungen erlebt – entspannt, offen, frei von Konkurrenzzwängen in jede Richtung. Das ist auch etwas. Und mein Verdienst nicht. Dafür danke ich den Studenten.

# RÜCKBLICK EINES MITTELBAUERN

## 25 Jahre Uni Konstanz

Der Jubel zum Jubiläum fällt einem Mittelbauern süßsauer aus. Die kurze Geschichte der Uni Konstanz hat dem Mittelbau Niederlagen zugefügt. Doch bevor ich die Wunden lecke, sei vorweg gerühmt: Der Mittelbau wird hier nicht schikaniert wie anderswo, er ist in der Lehre gleichberechtigt, der persönliche Umgang ist meist kollegial. Darin hat ein Stück jenes Konstanzer Konsenses überlebt, mit dem alle gemeinsam eine reformierte Universität aufbauen wollten.

Was ist der Mittelbau? Der wissenschaftliche Bereich der Uni ist ständisch gegliedert. Den Unterbau machen die Studierenden, den Oberbau die Professorinnen und Professoren, der Mittelbau sind die in Lehre, Forschung und Wissenschaftsverwaltung Beschäftigten, die nicht zum Oberbau gehören. Offiziell heißt der Mittelbau jetzt ›Wissenschaftlicher Dienst‹. Leider gar nicht ironisch hat ihn ein altlinker Professor ›die Knechte‹ genannt. Wen wunderts, wenn Mägde und Knechte nicht lauthals Vivat jubeln.

25 Jahre Uni Konstanz; 24 war ich dabei. Im Inselhotel und auf dem Sonnenbühl allerdings als Student. Das Schwärmen vom Uni-Harmonie-Verein zwischen den Trennwänden der Dominikanerkirche und in den Gruppenhäusern auf dem Sonnenbühl mag weniger Erinnerungsvollen klassentreffenhaft scheinen, doch war es auch hochschulpolitisch eine Western-Zeit. Die Grenzen zwischen den Ständen waren offen. Es gab nach den Ständen gedrittelte Gleichberechtigung in Gremien, und man glaubt es kaum, in der Literaturwissenschaft war einer der ersten Fachbereichssprecher ein Student – heute darf das nur noch jemand aus dem (oberen) Oberbau sein, der in den Gremien nun eine garantierte Mehrheit hat.

Damit ist die Fallhöhe des Mittelbaus (und Unterbaus) abgemessen. Aufs Ganze gesehen, ist die Teilrückkehr zu den Machtstrukturen der vorreformatorischen Uni schwierig zu beurteilen. Denn die Kämpfe der 70er Jahre waren trotz ihrer wichtigen Grundsatzdiskussionen auch brutal und belasteten Lehre und Forschung, so daß offen bleibt, ob die langsame Renaissance der alten Ständeregeln mehr der Sicherheit der Ordnungsmacht diente oder der Sicherung der Leistungskraft. Jedenfalls brachte die teils gesetzlich erzwungene, teils freiwillige Widerrufung mancher Reformen dem Mittelbau eine Schmälerung seiner zunächst gewährten Rechte. Die Mitbestimmungsmöglichkeiten, die Mitwirkung bei Prüfungen wurden beschnitten. Und immer mal wieder wurde und wird mit Drohungen den ›Knechten‹ ihr Stand deutlich gemacht: Präsenzzeiten, Stempeluhr, Deputatserhöhung, Abdrängen ins Grundstudium, Weisungsabhängigkeit, Versetzung. Meist kommt es dann halb so schlimm, weil man wohl weiß, daß der SPIEGEL-Wert einer Uni auch von einem Mittelbau abhängt, der nicht verärgert Dienst nach Vorschrift macht. Man hält ihn mit den belassenen Freizügigkeiten in der Lehre, der Arbeitszeit- und Ortswahl besser bei der Stange der akademischen Selbstausbeutung. Denn im Arbeitszimmer zu Hause gibt es auch sonntags keinen Büroschluß.

Die 80er Jahre haben die Normalisierung gebracht. Es geht seinen Gang wie anderswo. Die Titel beispielsweise sind auch ›im Hause‹ wieder eingeführt. Man ist groß geworden und lebt sich nicht nur im Gebäude auseinander, so daß mir geschah, daß ich, als ich auf Stoffsuche um die Aushängetafeln der Biologie strich, von einem Professor, den ich ebensowenig kannte wie er mich, sehr bestimmt zum Fahrstuhl befördert wurde, weil er mich für Gesindel hielt. (Ich war mal wieder ›freier Dichter‹ und sah wohl auch so aus). Normal ist es auch, daß sich vor allem durch den Ausbau der bundesweiten Erfolgsfächer (BWL, VWL, Jura – Pardon) eine allgemeine hochdeutsche Schnurzigkeit verstärkt hat, die etwa auf konstanznahen Schweizerwegen zum Aussterben des Grüezi geführt hat. Die unvermeidliche Ausrichtung auf die gesamtdeutsche Hochschulkonkurrenz lockert die Sensibilität fürs Regionale. Normal ist auch, daß das gegenwärtige Vorteilsdenken, das die Verhaltensregeln nach Eigennutz setzt, zumal den Umgang in der stoppevollen Uni erschwert: Vordrängeln in den Schlangen, Tische- und Bücherkapern sowie das ungedämpfte Gerede in der UB, das Belagern der unsinnig eng gebauten Treppen. Aber Vorsicht: Es sind das nicht nur Indizien für die ›Neue Rücksichtslosigkeit‹, sondern ebenso dafür, daß die aggressive Verbiestertheit einer autoritären Benimmm-Gesellschaft schwindet.

Es ist wirklich nicht wahr, daß, wie ihr, liebe Konstanzer Weinstubenfreunde, anläßlich der Süßmuth-Affäre vermutet habt, ein Professor im Monat mehr als eine Bundestagspräsidentin (20'000) verdient. Die oberen bringen es in der Regel knapp auf die Hälfte. Die unteren auf ein Oberstudienratsgehalt (A 14), während die, die sie ausgebildet haben, längst Direktoren, Ministerialräte oder sonst was sind. Und befördert wird (einmalig für Behörden) nicht. Entsprechend kurz wird der Mittelbau gehalten. Wer als BAT II angestellt wurde, bleibts auf ewig. Die Widerruf-Beamten und Angestellten auf Zeit ausgenutz und ex und hopp und arbeitslos. Auch karrieremäßig ist es für den Mittelbau eher schlechter geworden.

So gar kein Jubel? Dochdoch. Als stets freundlich behandeltes Individuum hindert mich nur meine Abscheu gegen das Reklametragen daran, mir das Uni-Emblem aufs Hemd und übers Herz zu nähen. Also sag ichs leise: Vivat.

## ZÜRICH

da hatte Ulyss nu Geburtstag
und wir
wir standen blöd da
am zweiten Februar
spät in der kalten Nacht

der Barmann klimpert die Reise
und nochmal und sentimental
den Deckel klappt er laut zu
und wir – da sitzen wir nu

he Taiger
geh nicht vorüber im Kreise
wir machen die Reise
einfach nochmal

# DER BAUM, DER NARR – HOMMAGE AN RAINER BRAMBACH

Bei einer Buchmesse habe ihn jemand zur Fete beim Suhrkamp-Verleger untereingeladen; er habe geklingelt; ein Hausgeist habe geöffnet und ihn mit den Worten: »Der Taxichauffeur ist da« vor der Tür stehenlassen. Er aber habe, obwohl zögernd, das Haus betreten. Da habe ihn Enzensberger erkannt und durch den lauten Literaturumtrieb gerufen: »Ah, Brambach, endlich ein richtiger Mensch!«

Ja: Rainer Brambach, der Baum, der Bär (ein anderes von ihm gern benutztes Motiv). Der Starke. Der Autochthone. Dieser Torfstecher und Gärtner. Der tatsächlich in einer Dachstube lebte, an die man nicht herankam. Der Andere. Für uns war er der Baum, der Bär. Und wenn er uns zurückließ, etwa nach diesem Abend im Konstanzer Bonanza, bewunderten wir ihn nicht nur seiner Unterhaltungskunst wegen, sondern sehnten uns nach diesem Sicheren, Gelassenen, so ganz Uneitlen, dem Geduldigen, Lebensweisen, ach, ein Baum, um sich anzulehnen. Hatten wir uns getrennt, war ich mit Mut vollgetankt. Ja: der Baum, der fehlt im eher niederwüchsigen Ziergarten, in dem die Narzissen so empfindsam blühen.

Nein: Er war's wohl nicht nur. Der Baum war auch ein Bild, an dem er sich selbst aufrichtete, um Katastrophen zu meistern, Enttäuschungen und Wunden. Er war die Eiche, aber brauchte die Eiche auch als Selbstbild, um kein schwankend Rohr in dem Wind zu sein, der die berühmten Freunde von einst und den Ruhm verweht hatte. Die Erinnerung an das Torfstechen und Gärtnern, die Freude auf das Holzhacken und Rasenmähen waren auch Selbstvergewisserung, ein Mittel gegen Traurigkeit und Kränkungen; deshalb brauchte er die Basler Freunde, die eine und die andern, so sehr. Er war auch Mimose. Wir bewunderten seine Stärke, die – mehr ahnbar als direkt ausgesprochen – eine Stärke des Trotzdem war, eine vermutlich gar nicht so leicht hochgewachsene heitere Menschlichkeit; und vielleicht liebten wir ihn eben deswegen, applaudierten ihm nicht nur.

Sein »Tagwerk« (stolzer Ausdruck einer Handwerker-Bescheidenheit) von 1959 wiederlesend, fand ich ihn plötzlich: Ja, das ist er, der Baum, der Narr:

DER BAUM

Seit ich weit draußen
das Haus in der Siedlung bewohne,
wächst aus dem Keller ein Baum
durch Diele und Mansarden.
Laub hängt fahnengleich
zu allen Fenstern hinaus.
Der Wipfel wiegt sich
über dem moosgrauen Dach.

Ich hause unbesorgt nach dem Gezweig,
im Hof fault der Spaltklotz,
auf dem Speicher rostet die Säge.
Nachbarn freilich rufen sich zu:
Sein Haus ist wie unsere Häuser,
was ist der Narr fröhlich –
Hört, er singt in der Frühe, redet
und lacht, wenn es dämmert!

Der Baum wächst.

Der Baum, der Narr. Der Baum sprengt das Siedlungshaus wie Gras Beton, wie Natur Zivilisation. Blätter statt wechselwendischer Fahnen. Das Element. Das nur seinem Gesetz Gehorchende. Das Gegenteil des Sozialen, Konventionellen. Die Beschwörung des Anderen, Urtümlichen. Und der Narr, der den Bärenbaum bewundert, der ihn nicht absägt. Der sich in seinem Anderssein gegen die Siedlungsnachbarn mit dem Urgetüm identifiziert. Der Narr, der Baum, der das Alltägliche durchbricht. »Der Baum wächst.« Das besorgte Einmauern ins Wuselleben wird geknackt. Nun braucht aber auch ein Narr ein Dach über dem Kopf. Der Baum wird auch sein Haus zersprengen. Das ist er: der Baum und der Narr – stolz und fröhlich im Anderssein, im Ausgesetztsein, im Untergang. Nah dem Fixpunkt, von dessen hoher Perspektive das gesellschaftliche Einrichten lächerlich wird, aber auch nah der Katastrophe. Denn der Baum wächst – und was dann, Narr?

Das ist schlechte biographische Interpretation. Ich habe ein kunstfertiges Gedicht auf mein Erlebnis der Person seines Autors bezogen. Aber ich bekomme Rainer Brambach und seine Gedichte nicht mehr auseinander; und ich meine auch, daß das Private des Autors durchaus ein Moment der Wahrheit seiner Texte ist. So wie ich kein Gedicht von Rainer Brambach lesen kann, ohne seine Stimme zu hören. Zum Glück. Denn man liest zu leicht über seine einfach scheinenden Gedichte hin. Sie sind aber von der ungeheueren Sprachempfindlichkeit, die auch seinen Vortrag, in dem jede Silbe an klangvoller Bedeutung gewann, bestimmte. »Der Wipfel wiegt sich / über dem moosgrauen Dach«, »im Hof fault der Spaltklotz / auf dem Speicher rostet die Säge«: Das sind raffinierte Kaskaden von hohen und tiefen Lauten, von Assonanzen, das ist eine bruchlos süffige Melodie, ein sich nie verselbständigender Schmelz der Worte, die Verbindung von Klang und Sinn, die wir seit der klassischen Lyrik gewohnt sind. Das ist alles Fiktion, Textarbeit, Einbildung und kunstvolle Melodie, und ist doch er, Rainer Brambach, der Baum, der Narr. Kunst zu machen und sich selbst zu beschreiben, das muß kein Gegensatz sein. »Der Baum« ist ganz selbständig als Gedicht, und er ist doch auch ein Selbstporträt. Wissenschaftlich seriös ist diese Parallelität von Schreiber und Text schwer zu fassen. Trotzdem hat, was einer schreibt, doch viel zu tun mit der Art, wie er ist, sich erlebt, sich zeigt, wie er sich bewegt, blickt, spricht, wie er die Welt abschmeckt.

Der Baum, der Narr – ein Kunstwerk, ein Selbstbild. Und noch mehr: ein Zeitbild. Jeder kann sich nur so ausdrücken, wie es seine Zeit und der Zeitstil erlauben. Dürer ist unverwechselbar Dürer, aber auch genau datierbar auf 1503. Kaum trennbar verschmilzt im Text nicht nur das Private mit dem Künstlichen, sondern auch das Private mit dem Zeittypischen. »Der Baum« ist auch das Abbild der ›modernen‹ Mentalität der – weiter zurückreichenden – 50er Jahre, des literarischen Existentialismus. Ein Bild für das Mißtrauen gegen Geschichte und Gesellschaft, für das Beharren auf das Absonderliche, auf die ›Unbehaustheit‹ des einzelnen, des Narren, des Einsamen, der durchschaut; ein Bild für das einsame, bedrohte, aber mehr sehende Ich. Der stolze Narr, der Baum. Kritisch, unangepaßt. Der Abseitige, der Recht behält. Benns einsames Ich zwischen Meer und Astern. Kreuders Sonderlinge. Die Inventur des Letzten bei G. Eich. Koeppens aus der Zeit Geworfene, diese leidenden Findlinge im Geschwemme einer rastlos wiederaufbauenden Zeit. Es ist die pathetische Melancholie der Außenseiter. Es ist die Mentalität von Borchert, Böll, Lehmann bis hin zu Grass, Celan, Bachmann. Für diesen Avantgarde-Stil eines Endzeitbewußtseins nach dem Krieg und im Angesicht des Kalten Krieges, das seine philosophischen Wurzeln bei Heidegger wie Sartre, bei Ortega wie Riesman hat, sind die scheinbar einfachen Naturbilder typisch, auch die Sprache »am anderen Ufer« (Jens), jenseits der »Kalligraphie«, wie das genannt wurde, eines George und Rilke, die Reimlosigkeit, die klare Syntax, die nach deutlichen Sinneinheiten gegliederte »prosaische« Zeile. Das ist der Zeitstil der Moderne nach dem Krieg – und es ist eben doch ganz und gar Rainer Brambach. Kunst ist wohl stets zugleich das Intimste und Kollektive. Ein Vergleich mit G. Eichs »Ende eines Sommers«, das nicht zufällig in H. Bingels Anthologie »Gedichte seit 45« auf Brambachs »Baum« folgt, obwohl Brambach nicht der Abzweiger G. Eichs war, als der er fälschlicherweise oft gesehen wird, macht das jeweils Individuelle im Zeitstil deutlich. Auch bei Eich Natur, Bäume, der gegen die katastrophale Zeit und Gesellschaft gestellte Bildbereich. Auch bei ihm das einsam widerstehende Ich. Doch Eich tut dies begrifflicher, indem er die »Verzweiflung« des Außenstehenden direkt benennt, er tut es ›symbolischer‹, indem er hermetische Metaphern benützt, etwa den bis Celan beliebten »Vogelzug«, und er tut das nicht in fröhlicher Narrheit. Brambachs Bilder sind einheitlich, sinnlich stringent, sind voll zurücknehmenden Humors, sie scheuen Abstraktion, Signalbegriffe und komplexe Strukturen.

Lieber Rainer, wer Du wirklich warst, wissen nur wenige außer Dir. Verzeih mir, wenn ich den fröhlichen Baumnarren, als den wir Dich bewunderten, zu leicht in Deinen Gedichten wiedergefunden habe. Der Baum, der Narr – die Person, das Gedicht, na: Da mögen noch manche Sprünge dazwischen sein, die ich nicht gesehen habe. Aber daß ich Deine Gedichte zum Krabbelobjekt unserer akademischen Käferkunde gemacht habe, mußt Du Dir schon gefallen lassen, denn Deine Texte sind nun mal ein gutes Stück unserer Literatur und Literaturgeschichte. Lieber wäre mir auch, Du kämest noch einmal breitschultrig und etwas außer Atem die Treppe hinauf, sagtest: Salü, und in der Beiz würdest Du, Glas und Zigarettenschachtel drehend, rezitieren Hebel, Keller, Dich mit Deiner Stimme, die nachhallt Wort für Wort, mein Leben lang. Der Baum wächst in unserer Erinnerung.

FÜR R. B .

Mit dem blauen Reisesack
kommst Du und sagst Salü
und bist schon mein Patron
und lehrst mich das Lesen Trinken
ein Kerl zu sein heiter
in unseren tiefen Tobeln

»Der Himmel schüttet Schnee aus«
im geschenkten blauen Mantel gehst Du
durchs reiche Bern und wirfst
einen Franken auf in diesem schönen
Savoy redest Du allein
mit den toten Freunden im Gedichtnis

»ein verwischtes Grau im Spiegel«
frage ich Dich hinter Luzern nach der Liebe
und du schaust aus dem tränenbeschlagenen Zug
und rauchst: es lügen ja alle
Antworten außer dem Schnee und so
wirst du ein Kerl und bekommst
unter dem blauen Bärenfell
keine Seele aus Holz

## EIN RICHTIGER ALTER KOMMUNIST

Schon die Reisetasche gepackt, erhält man den Anruf eines Freundes. Als man ihm mitteilt, daß man im Begriff sei, einen alten Kommunisten aufzusuchen, um auch einmal etwas Wichtiges, Historisches, kein Ichzeug zu schreiben, stimmt der Freund sofort zu: Auch er habe noch so einen richtigen alten Kommunisten gekannt, mit KZ und allem Drum und Dran, Betriebs- und Gemeinderat, eindrucksvoll umherstehend wie eine alte Eiche – na, wendet man gegen den Vergleich ein, schließlich war Deutschland mal das Land der Eichenwälder –, der also, schon leicht erblindet, neulich mit dem Moped tödlich verunglückt sei. – Es wird Zeit, die Erinnerungen alter Kommunisten einzusammeln. Die Kommunisten haben an der Entstehung der Bundesrepublik einen Anteil gehabt, den das historische Bewußtsein verdrängt, indem es so tut, als habe es nur den überlebensgroßen Kanzler Adenauer und den kleinen kriegsversehrten Herrn Schumacher gegeben. Weder belastet noch endgültig von Politik bedient, arbeiteten Kommunisten auf allen Ebenen am Wiederaufbau mit. Und ihre negative Wirkung war noch größer; die Geschichte der Bundesrepublik ist nicht zu verstehen ohne Berücksichtigung ihres antikommunistischen Komplexes. Dazu möchte man möglichst lebendige Geschichten des kommunistischen Bekannten hören. Man hat sich angemeldet und keine Antwort erhalten. Man mietet sich in der westfälischen Provinzialhauptstadt ein, in der man einmal begraben sein wollte, und fährt weiter in die nahe Industriestadt, wo der kommunistische Bekannte wohnt. Man klingelt vergeblich. Lauert Vor- und Nachmittage, ob ein Fenster geöffnet oder eine Gardine verschoben wird. Erinnert sich undeutlich an eine Krankheit des Bekannten, Herzgeschichten, schon vor dem Verbot der KPD wurde er krank und zog sich zurück.

Man schiebt einen Zettel in den Briefkasten und entschließt sich, im Hotel abzuwarten.

Beklommen vor dem Elternhaus. Hinter den hellen Fenstern decken jetzt Fremde den Tisch. Ich sehe meine Mutter, gebeugt über die Spüle, ihr weißes Haar, von dem sie erzählte, sie habe es, gerade dreißig, über Nacht bekommen, als sie auf der Flucht, zwei Kinder an der Hand, ich im Kinder- und Möbelwagen, mit Russen habe gehen müssen. Dabei sei der russische Mensch an und für sich gut, er habe ihr auch, nachdem sie das schlohhweiße Haar bekommen habe, nie mehr etwas getan, sondern sie ehrfürchtig Mütterchen genannt, schließlich verdankte ich mein Leben einem gutmütigen Russen, der mich mit Zucker, in dem die Ameisen gekrabbelt seien, aufgepäppelt habe, nachdem ich schon aufgegeben und in einem Straßengraben abgelegt worden sei; nur das kommunistische System mache den Russen zum Tier. Ich sehe die Hauswand, an deren Innenseite das Bett stand, in das ich mich flüchtete, um hemmungslos zu heulen, als 1953 Wahlen anstanden und zu befürchten war, daß die Sozis an die Macht kämen und den Eisernen Vorhang hochdrehen und die Kommunisten reinlassen würden. Ich sehe die Fenster, in die wir Kerzen stellten, die wir in der Schule kaufen mußten, damit den in der Zone gefangengehaltenen Brüdern und Schwestern einleuchtete, wie wir uns nach ihnen sehnten. Plötzlich erkenne ich in einer der üblichen, mit allerhand Schnickschnack vollgestellten Altbierkneipe den Konsum wieder. Ihn betraten wir nie, weil da nur Proleten kauften; aber einmal schenkte mir der Vater, unbekümmert und selbst von zweifelhafter Herkunft, hier aus einem Glas gelangte Himbeerbonbons in einer mit blauen Sternchen bedruckten Tüte, die ich schweren Herzens wegwarf, um nicht heimtückisch durch die roten Bonbons vergiftet zu werden. Ich hatte so etwas gelesen. Vor der Schule verberge ich automatisch die

Zigarette in der Hand. Reden wurden gehalten über die Freiheit und flimmernde Filme gezeigt, in denen hilflos steinewerfende Deutsche von kommunistischen Panzern, ich höre noch das Wort: niedergewalzt wurden, worauf wir uns erheben und alle Strophen des Deutschlandliedes singen mußten. Ich wurde zum Klassensprecher gewählt, weil ich glühend für Adenauer war, mit knappem Ergebnis, da auch der Gegenkandidat glühend für Adenauer war. Ich erinnere mich an einen Satz aus einer Stunde über die Apokalypse: die letzte Entscheidungsschlacht zwischen christlichem Abendland und kommunistischer Barbarei. Noch immer bekomme ich einen verkrampften Rücken, wenn ich das Wort Kommunist höre. – Den richtigen alten Kommunisten lernte ich kennen, als wir 1966 in die Industriestadt zu einer Kundgebung gefahren waren. Er sah uns an, daß wir Studenten waren. Eine Kneipe wollte er nicht betreten, so erzählte er auf einer Parkbank aus seinem Leben: trostlose Jugend, Mülltonnen vor dem Fenster, Kampf mit Ratten, eine Familie in einem Raum, Hunger; Schlägereien mit Nazis, nächtliches Flugblätterverteilen, Fahrradfluchten vor der Gestapo; aufreibende Aufbauarbeit in antifaschistischen Gruppen, Überlebenskriege um Brot, rastlose Agitationen gegen wieder aufstrebende Nazis, gegen die Wiederbewaffnung, gegen die Teilung Deutschlands; dann KPD-Verbot und wieder Hunger. Es war mein erster Kommunist. Zum verkrampften Rücken kam eine Wiedergutmachungs-Liebe.

Man zwingt sich an die Arbeit. Noch immer ohne Nachricht vom Bekannten, reiht man Kommunismus-Bücher auf den Hoteltisch, packt sie, während das Zimmer aufgeräumt wird, in Plastiktüten und geht lieber mit ihnen spazieren. Tagelang liest man, verfertigt ein Konzept und bildet sich zwei Meinungen: Erstens – hat der Antikommunismus zur Unterdrückung nicht nur der Leistungen der Kommunisten geführt, sondern auch einer Gesinnung, weswegen hierzulande der Pluralismus in einer für Westeuropa einmalige Weise verengt ist; zweitens – hat sich die KPD selbst durch ihren starren Stalinismus um die Chance gebracht, mit den damals beachtlichen sozialistischen Kräften in der CDU und SPD die Weichen der bundesdeutschen Geschichte anders zu stellen. Man formuliert vor, und als die Nachricht des Bekannten eintrifft, ist man froh, nun sein abgerundetes Konzept mit konkreten Erlebnissen auffüllen zu können. Da man noch etwas Atmosphäre braucht, geht man durch die kleine Industriestadt mit kritisch verkniffenen Augen und notiert charakterisierende Sätze: Die Stadt ist eine Arbeiterstadt geblieben, hat keine Altstadt, keine Kneipen-Kultur, und abends um zehn ist alles duster. Wenn sie sich etwas Neues leisten will, reißt sie noch das letzte Vorkriegshaus ab, um einem Kaufhaus Platz zu schaffen, vor dem dann die Türken stehen, die Fahrschüler und Azubis neben frisierten Mopeds. Morgens um sieben gehen die Leute in die Fabrik, nach Feierabend auf den Trimmpfad, danach sehen sie im Trainingsanzug fern, wobei sie Bier aus der Flasche trinken, die sie auf einem Plastikuntersetzer abstellen. Klappt alles, bauen sie sich ein Haus mit zwei Garagen in einem in den Bruchwald hineinerschlossenen Neubaugebiet und grillen auf der Terrasse. Geprägt durch die grenznahen Niederlassungen ausländischer Konzerne, hat die Stadt die volle Lebensqualität der Marktwirtschaft. Blocks in der ertragreichen Fünf-Geschoß-Bauweise mit Giebeldach, quadratisch angelegte, autogerechte Straßen, natürlich Grün dazwischen, hübsch arrangiert wie auf Architektur-Modellen. Auch SPD und DGB sind noch in Ordnung; wenn einer mault, heißt es von ihm, er gehöre einer K-Gruppe an.

Kaum sehe und rieche ich die Wohnung des Bekannten, ahne ich, daß etwas anders kommen wird. Es riecht wie in einem Reformhaus und wie aus dem Zimmer des anthroposophischen Fräuleins, mit dem wir nach dem Krieg zusammenzuwohnen gezwungen waren und das uns die Lust abzugewöhnen versuchte, ausgekochte Speckschwarten zu kauen und mit Hühnerpfoten zu spielen. Ich hatte vergessen, daß mein Kommunist mir, als es weder den Grünen Zweig noch das Zeit-Magazin gab, schon allerhand über Kräutertees und Birnendicksaft erklärt und eine steinerne Schrotmühle vorgeführt hatte. Auch vergessen, daß ich schon damals, als ich die bürgerliche Kultur nicht zu mögen trainierte, erstaunt war über die vielen Bücherschränke mit Glastüren. Jeder Winkel des Wohn- und Arbeitsraumes ist für Bücher ausgenutzt. Die schönsten Bände sind museumsartig ausgestellt; marmorierte Bücher von Robert Walser und vor allem Hesse, ein Porträt von Hesse zwischen Blumensträußen und Kalenderfotos von Matterhorn und Zugspitze. Renn, Becher, Brecht, Bredel gehen an, Erich Fromm, Bahro und Harich verwundern, Thieß, der viele Hesse, Hausmann, Martin Buber stören mich. Ich fürchte, der Bekannte werde mein positiver Held nicht sein wollen. Ichzeug droht. Der Bekannte sitzt an seinem mit einer dicken Wolldecke belegten Schreibtisch aus schönem Holz, alles ist hier aus hellem, gut gepflegtem Holz, er trägt eine Manchesterhose, ein buntes Wollhemd mit weit aufgeschlagenem Kragen, aus dem vor brauner Haut die Brusthaare quillen, seine Haare fallen schwungvoll, und noch immer kein weißes Haar, obwohl er nun fast siebzig Jahre alt ist, sein straffes Vegetariergesicht braun, die Backen rot. Er spricht lebhaft, man würde ihn höchstens auf fünfzig schätzen, neben ihm fühle ich mich ungesund zerstört. Er antwortet, daß er noch immer sehr krank sei und täglich unter Herzanfällen leide, die manchmal sieben Stunden dauerten, dann gehe der Puls mit 210. Er zeigt mir eine Ansichtskarte auf seinem Schreibtisch, auf der ich einen liegenden, nackten Jüngling erkenne. Narziß, sein Vorbild, ein gesunder, hochfliegender Geist in einem gesunden, ewig jungen Körper. Ich traue mich nicht zu sagen, daß Narziß das schlimmste Schimpfwort geworden ist; baue den Kassettenrecorder auf. Dabei erzählt er mir, er mühe sich mit Doktor Faustus von Thomas Mann herum, es falle ihm schwer, man mache sich keine Vorstellung, wie unverständlich einem Arbeiter bürgerliche Literatur sei, viele Wörter kenne er nicht, die vielen Namen behalte er nicht, auch deshalb, weil er sich in der Zeit der Illegalität unter den Nazis und nach 1956 dazu erzogen habe, keine Namen zu behalten.

Das gibt einen Übergang, und man stellt die Frage nach seinem Leben vor 1933 in Hamburg. Der Bekannte fragt zurück, für wen man diesen Bericht schreiben wolle. Ich druckse herum und umschreibe die Zeitschrift als links und intellektuell. Da wehrt der Bekannte ab. Von Theorie halte er gar nichts, von den Intellektuellen nicht viel, von den Linken wenig. Unumwunden teilt er mit, daß er nicht bereit sei, irgend jemand etwas aus seiner kommunistischen Biographie zu erzählen. Das sei allein seine Sache und die Sache der Partei. Man wendet ein, daß es nicht um brisante Einzelheiten gehe, sondern um den Antikommunismus, man führt sein Konzept aus. Antikommunismus, richtig, sagt der Bekannte, die Bürgerlichen hätten die Kommunisten gemein unterdrückt und verfolgt, andererseits: Was wollten denn die Kommunisten anderes als ein Häuschen, mehr Wurst aufs Brot, ein Auto. Die Sowjetunion und die DDR wollten die kapitalistische Konsum-und Wegwerfgesellschaft nur überholen, nicht abschaffen. Er aber habe eingesehen, daß Mehrhaben-Wollen der falsche Weg sei; und deshalb müsse heute ein richtiger Kommunist Antikommunist sein; denn die Errichtung der klassenlosen Gesellschaft sei nur dann sinnvoll, wenn sie nicht zum materiellen Wohl, sondern zum seelischen Wohl aller führe, eben das sehe er in den Oststaaten gründlich verfehlt, in denen der Mensch genauso wenig zähle wie in den westlichen Industriestaaten. Natürlich bleibe er Kommunist, erzähle mir aber nichts, um nicht von den Genossen als Renegat verleumdet zu werden, der er nicht sei.

Ich bin ratlos. Ich packe meine Stichworte und den Recorder wieder weg, während der seit langem verwitwete Bekannte selbstgebackenen Kuchen aus Vollkornmehl aufträgt. Da habe er doch neulich das Buch eines kommunistischen Professors gelesen, der sich breite Gedanken darüber mache, wie ein Kommunist Weihnachten feiern könne, er dagegen habe immer schon Advent gefeiert, selbstverständlich, er sei kein Ideologe, sondern ein humanistischer Romantiker. Ich räume ein, daß mir der Kuchen ausgezeichnet schmeckt. Eine Woche Geld und Arbeit ist vertan. Aber da ich nicht einfach wieder abreisen kann, plaudere ich und erkundige mich nach der Krankheit. Sie sei der Widerspruch zwischen dem, wie man leben wolle, und dem, wie man lebe, der in einem schaffe. Man schöpft neue Hoffnung und fragt genauer nach:

Sie waren fünf Kinder. Seine Mutter hatte noch acht Abgänge, und von wem das erste Kind war, wußte sie nicht. Sie wohnten alle zusammen in einem Zimmer, dessen Wände zu feucht waren, um Tapeten darankleben zu können. Auch die Sache mit den Mülltonnen und den Ratten vor dem Fenster stimmt, man hatte sich nicht in dem richtigen alten Kommunisten getäuscht. Nie war Geld da, weil der Vater als Gewerkschafter und Kommunist aus den Firmen, in denen er als Hafenarbeiter beschäftigt war, dauernd hinausgeworfen wurde. Aber nicht nur wegen des Geldes stritten sich die Eltern von morgens bis abends; sie liebten sich nicht. Im nachhinein sehe er, daß nicht Hunger und Armut die Hauptprobleme seiner

Jugend gewesen seien, sondern die Unterernährung an Liebe. Die Psychologen hätten wohl recht, wenn sie psychosomatische Krankheiten damit erklärten, daß man als Kind zu wenig Liebe erhalten habe. Er spricht das Wort »Psychologen« in einer Art Steffen-Platt aus, schämt sich selbstbewußt und fügt an, er habe auch zehn Jahre gebraucht, um Worte wie »Makrobiotik« oder »Mikrokosmos« verstehen und benutzen zu können; er sei eben trotz aller Leserei ein einfacher Arbeiter geblieben. Als er in die Schule kam, packte ihn der erste Anfall. Er fiel einfach um. Zu nervös, hat er in der Schule nicht viel getaugt. 31 Fehler beim Diktat und Schönschreiben. Das lag auch daran, daß die Arbeiterkinder das schlechtere Papier, die schlechteren Federn, die dünnere Tinte hatten. Wollte er oben auf der Seite ganz besonders schön zu schreiben beginnen und ja keinen Fehler machen, blieb er schon mit der Feder am Holz im Papier hängen und hatte schon wieder gekleckst. Und die vielen Haken und Bogen der Deutschen Schrift legten endlose Fallen. Für jeden Fehler gab es vom Lehrer einen Hieb mit dem Stock auf die Hand, vom Vater an den Kopf. Für Fehler in den Verbesserungen das Doppelte, für Fehler in der Verbesserung der Verbesserung das Dreifache, und so fort. Nur im Kopfrechnen durfte er von der hintersten Bank in eine vordere umziehen, um schon beim schriftlichen Rechnen wieder degradiert zu werden. Große Mühe machte ihm die fremde Sprache der Klassiker. Als er Schillers »Lied von der Glocke« aufsagen sollte, bekam er nach der zweiten Zeile vor Aufregung einen Anfall. Die Klasse bestand zur einen Hälfte aus Deutschnationalen, zur anderen aus Kommunisten. Täglich gab es Keile zwischen den Parteien, und das Größte war, wenn eine Partei die rote oder die schwarzweißrote Fahne der anderen Partei, die in irgendeinem Tornister versteckt war, erobert hatte. Die Deutschnationalen waren die besseren und die Lieblingsschüler der Lehrer und durften die Hefte der Kommunisten korrigieren, was nicht zu knapp ausfiel. Alle Arbeiterkinder waren Kommunisten. Aber ein proletarisches Bewußtsein, wie die Theoretiker sagen, besaßen sie nicht. Es gab einfach keine Alternative; Kommunist zu sein war selbstverständlich; es waren ja alle Kommunisten, die Eltern, die Geschwister, die Nachbarn, die Freunde. Den Materialismus als Anschauung haben sie sich erst viel später erarbeitet. Seine eigentliche Heimat war aber nicht die Partei, sondern der Arbeitersport. Sie pachteten eine Wiese, bauten feierabends und sonntags, samstags wurde ja noch gearbeitet, ihren Fuß- und Handballplatz selbst, ihre Aschenbahn, und zogen eine alte Öltonne mit durchlöchertem Boden an einer Stange hoch; sie diente, während die Kameraden mit Eimern Wasser nachgossen, als Dusche. Alles haben sie aus der eigenen Tasche bezahlt. Die Partei konnte nichts zuschießen. Trikots, Turnschuhe, selbst Lehrgänge für Vorturner wurden vom mageren Lohn abgezwackt; aber das war eben ein Teil des Idealismus, der ihn immer fasziniert hat: verschworene Gemeinschaft, jung, stolz, unbürgerlich, und alles so ästhetisch wie möglich. Nackt oder nur mit einer knappen Dreiecksbadehose bekleidet, fuhren sie in dem selbstgebauten Rhönrad. Wanderten viel, nicht wie die Latscher, wie sie die bürgerlichen Wandervögel nannten, nicht singend und klampfend und aufgeschmückt, sondern stramm mit Schiebermütze und über Lohn und Preis debattierend. Ende der zwanziger Jahre wurde das anders; dann wurden Koppel und Schlagstöcke üblich, dann kam es zu den Schlachten und organisierten Feldzügen. Nie ist er freiwillig vom Bürgersteig, wenn die Reaktion, drei oder mehr Braun- oder Schwarzhemden entgegen kamen. Er hat einiges abgekriegt bei Thälmann-Einsätzen, hat sich aber gehütet, blau oder blutig geschlagen zu werden. Denn er war ein Stenz. Ein Vetter, der Schneider war, hat ihm ein engsitzendes Arschjäckchen genäht, und was er als Nichtraucher und Antialkoholiker sparte, steckte er in Lackschuhe und sündhaft teure Manchesterhosen. Er wollte schön sein. Sonntags prominierte er um die Alster und schaute den Mädchen nach. Dabei beobachtete ihn ein Schriftsteller, der sich den klassenkämpferischen Geck in seine Villa holte und ihn dem Dienstmädchen wilde Proletarier-Geschichten erzählen ließ, während er selbst im Nebenzimmer saß und mitschrieb. Durch den kam er an die Literatur. Der Dichter zeigte ihm, wie man eine Bibliothek benutzt. Er riet ihm zu Hesse. Er ging in die Bibliothek und fragte das Fräulein: Haben Sie was von Hesse? Die fragte spitz zurück: Kennen Sie Hesse überhaupt? Er antwortete: Ich kenne ihn nicht persönlich. Das Fräulein lachte, aber er schäme sich noch heute, je gemeint zu haben, einer wie er könne Hesse persönlich kennen. Er bekam den Knulp und den Steppenwolf, und das sind seine Lieblingsbücher geblieben; da lebt sein Inneres: ein schöner Vagant zu sein. Mein Bekannter gerät ins Schwärmen.

Da ich nach der von den Erziehern empfohlenen Lektüre des Glasperlenspiels mich zu keinem Hesse mehr überreden ließ und lieber bei meinen Manns, bei Joseph Roth, Keller und Fontane, Heine geblieben war, lenke ich hier ab. Man beharrt darauf, daß es mit dem Stenzhaften, mit der romantischen Sucht, eine wölfisch streunende Seele in die Allnatur auszuströmen, kaum bei ihm sein Bewenden gehabt haben könne, wisse man doch, daß er den Krieg listig überstanden und aktiver Widerstandskämpfer wie viele richtige alte Kommunsiten gewesen sei, was die wenigsten von denen, die das Schöne geliebt hätten, von sich sagen könnten.

Er ist Widerstandskämpfer gewesen, offiziell anerkannter, was ihm nach dem Krieg manchen Vorteil verschafft hat. Keine KZ-Geschichten. Er hat illegale Genossen versteckt, Lebensmittel für sie organisiert, Flugblätter heimlich gedruckt und verteilt. Und trotzdem hat er im Krieg die vielleicht schönste Zeit seines Lebens gehabt. Man korrigiert: deswegen. Nein, sagt er: trotzdem. Als die Einberufung bevorstand, wanderten sie zu fünf Genossen durch den Harz und stritten sich, was zu tun sei. Zwei waren wehrunwürdig, zwei freuten sich, jetzt endlich an Waffen heranzukommen und die antifaschistische Revolution zu starten. Dagegen habe er, weil er sie für erfolglos gehalten habe, taktisch argumentiert und eine Strategie des heimlichen Widerstandes entworfen. Heute wisse er, daß aus ihm einfach sein pazifistisches Herz gesprochen habe; hätte er seine friedliche Natur früher erkannt, wäre er wohl nie ein auf Revolution versessener Kommunist geworden, obwohl er Kommunist sei und bleibe. Schon vor dem Krieg nämlich hat er sich aus seiner Arbeitsstelle in der Waffenproduktion herausgeschlichen. Das hat ihn, der als Modellschreiner den höchsten Lohn in der Metallindustrie bekommen hatte, jede Stunde eine Mark dreißig gekostet, denn in der Druckerei verdiente er als Angelernter nur siebzig Pfennig. Anders als die Bürgerlichen ist er nie Pazifist aus Überfluß oder Bequemlichkeit oder Angst gewesen, sondern aus innerster Überzeugung. Er wurde zu den bespannten Kanonieren eingezogen, hat aber, als das erste Pferd notgetötet werden mußte, schon geheult. Wie ein Gewehr auseinander- und wieder zusammengebaut wird, hat er einfach nicht kapiert. Vor dem ersten Schießen mit scharfer Munition ist er umgefallen. Der Feldwebel schickte ihn im Laufschritt um den Schießstand. Er ist wieder umgefallen. Der Feldwebel bekam es mit der Angst und ließ ihn auf einer Bahre zum Stabsarzt tragen. Der horchte ihn ab, durchschaute sofort den simulierten Herzanfall und jagte ihn unter Drohungen und Gepolter zum Schießstand zurück. Kaum die Waffe wieder in der Hand, ist er umgefallen. Und nun war es wirklich ein Herzanfall. Den Arzt plagten Gewissensbisse, er schrieb ihn stubenkrank. Dabei blieb es. Alle Versuche, ihn wieder waffentauglich zu machen, scheiterten an seinen mal echten, mal vorgetäuschten, mal mit einfachen Drogen herbeigeschluckten Anfällen. Schließlich wurde er entlassen. Er lacht und wiederholt den Satz mehrmals: Als Kommunist im Zweiten Weltkrieg aus der Reichswehr einfach entlassen! Er kehrte in die Druckerei zurück, arbeitete dort mit einem alten Meister und vier Frauen zusammen, hat aber mehr Urlaub gemacht als gearbeitet. Die schönste Zeit seines Leben. War dauernd in den Bergen. Wurde immer rechtzeitig krank, blieb auch einfach weg. Zog in die Berge auf Hochzeitsreise mit zwei Frauen, denn an einer habe er nie genug gehabt. Hat sich aber nicht nur verlustiert, erarbeitete sich mit seinen Frauen Marx, nahm im Allgäu an einer Widerstandsgruppe teil. Immer ist er politisch gewesen; ein hundertprozentiger Kommunist, der jede Gelegenheit nutzte, um zu wandern. Weil er sich auf der Hochzeitsreise einen Meniskusriß holte, wurde aus dem Urlaub ein halbes Jahr. Allen Versuchen des Druckermeisters, ihn in Hamburg und am Arbeitsplatz festzunageln, wich er aus. Als der Meister ihn als Luftschutzwart einsetzen und so strikt an die Fabrik, in der er auch feierabends hätte bleiben müssen, binden wollte, demonstrierte er handgreiflich, daß es unmöglich war, ihn mit vier Frauen in denselben Keller zu sperren; kamen Angriffe, verschwand er. 1944 haben sie ihn dann doch noch zum letzten Aufgebot an die Heimatfront eingezogen. Nun aber nutzte er seinen Meniskusriß. Er täuschte ein lahmes Bein vor. Alle Woche haben sie ihn gründlich untersucht, am Bein gerissen, und ihn durch plötzliche Befehle zu überlisten probiert; doch er hat keinen Fehler gemacht. Er beherrschte das Lahmen so, daß es nach dem Krieg Monate dauerte, bis er wieder normal ging. Keinen Schuß hat er abgegeben, keine Waffe gebaut; den Rest des Krieges reinigte er Gasmasken und verhalf Deserteuren zur Flucht nach England.

Man hört nur halb zu, hat schon einen Fragen-Katalog im Kopf, um den Bekannten von seinen Schwejk-Geschichten fortzulocken, man möchte Wuchtigeres hören. Man fürchtet, den Falschen Munition oder nur Unterhaltung zu liefern. Man drängt den kommunistischen Bekannten dazu, aus seiner Aufbauarbeit nach dem Krieg zu berichten, erinnere man sich doch, daß er im Ruhrrevier als Hungerkommissar die Produktion und Verteilung von Lebensmitteln überwacht habe. Man hat nachgelesen, man ist respektvoll erschrocken darüber, welche Kraft es gekostet haben muß, in einem völlig zerstörten und unvorstellbar elenden Land eine Selbstverwaltung aufzubauen und das pure Überleben zu sichern.

Richtig, sagt der Bekannte. Die menschlichen Gemeinheiten, mit denen sich andere – leider auch Genossen, wenn auch wenige, sagt er schnell – Vorteile zu verschaffen gesucht hätten, vertrieben ihn aus seiner Arbeit als Hungerkommissar. Er bekam wieder Anfall-Serien. Seine Arbeit als Parteifunktionär im »Komitee für Einheit und Frieden im deutschen Sport« ließ sich dagegen gut an. Er schlief auf seiner Seegrasmatratze hinter dem Schreibtisch in seinem Büro, wusch sich aus einem Zinkeimer, schickte die Putzfrau nach Hause und wischte selbst, klagte sein Gehalt nicht ein, lehnte ein Auto ab, fuhr lieber mit dem Rad durch das Revier und bis nach Hamburg, wo seine Familie lebte, die keine Zuzugsgenehmigung ins Revier bekommen hatte. Er war voller Begeisterung. Mit Elan hatte er eine tolle Truppe junger Sportler aufgebaut. Sie spielten Handball, turnten, wanderten viel, reisten in die DDR, philosophierten über das humanistische Menschenbild des Kommunismus. Bald aber ergaben sich Reibungen. Ein Funktionär mußte härter, parteilicher sein. Die Partei habe das Komitee als direkten Transmissionsriemen für die Ziele von SED und KPD nutzen wollen. Seine Idee aber war, eine durch körperliche und geistige Arbeit verbundene freie Gemeinschaft zu prägen, die durch ihre Glückserlebnisse notwendig davon überzeugt sei und andere überzeugen könne, daß nur der Kommunismus den harmonischen Menschen hervorbringen werde. Er wurde wieder krank. Hier fragt man, hellhörig geworden, nach Auseinandersetzungen innerhalb der KPD um die These vom revolutionären Weg zur deutschen Wiedervereinigung, ob die Kämpfe zwischen stalinistischer und titoistischer Gruppe, die schließlich zur Heimatlosigkeit sozialistischer Parteigänger führten, ob solche ideologischen Divergenzen ihn krank gemacht hätten, ob er gar ein Trotzkist sei.

Er ist kein Ideologe. Und nie hat er mit der Parteiführung auch nur eine politische Kontroverse gehabt. Er ist kein Abweichler, betont er noch einmal. Im übrigen gehe das einen auch nichts an, dafür habe man ja seine Regale von Theorien und historischen Darstellungen, Erinnerungen und Manifesten und was sonst. Nein, ihn hat gestört, daß die sowjetischen Sportlerinnen geschminkte Lippen und lackierte Fingernägel trugen.

Was? Wegen der Fingernägel? Wegen der Fingernägel, antwortet er. Ausgerechnet das große Vorbild, die proletarische Jugend der Sowjetunion, hat diesen dekadenten Blödsinn der Kapitalisten übernommen. Das ist Verrat am Bild des kommunistischen Menschen – oder können Sie sich eine griechische Skulptur vorstellen, deren Lippen wie bei der Monroe angestrichen und deren Fingernägel rot lackiert sind? Man will sich auf derartige Fragen nicht einlassen und vermutet, daß der Bekannte die Enttäuschung über den Niedergang der KPD verdränge und durch, nun ja, Lappalien ersetze. Es hat keine Enttäuschung gegeben. Enttäuschung sei sowieso eine bürgerliche Kategorie. Es gab nur einen Irrtum. Nach dem Krieg hatten sie gedacht, jetzt müßten alle zur KPD kommen, weil doch alle die Nase voll und was Neues gewollt hätten; doch das einzige, das die meisten wirklich nicht mehr wollten, war Krieg, darüber hinaus blieben die einen Bürgerliche und die andern sozialdemokratische Kompromißler. Der Irrtum war, das konsequente antifaschistische und sozialistische Potential der Bevölkerung zu überschätzen. Doch setzt sich eine Idee, wenn sie wissenschaftlich richtig und menschlich wahr ist, einmal durch. Kein Platz für individualistische Enttäuschungen. Mit seiner Krankheit aber wurde es schlimmer. Einen schweren Anfall bekam er beim Anblick eines Affenkäfigs. Eingesperrt zu sein, ist sein Trauma. Er stürzte und verletzte sich das Rückgrat. Die Heilung dauerte lange, und als er wieder hätte arbeiten können, war die Partei und auch das Komitee verboten. Er blieb dann jahrelang arbeitslos, weil einen Kommunisten das Arbeitsamt beim besten Willen nicht vermitteln konnte, wurde schließlich ausgesteuert, bekam also kein Arbeitslosengeld mehr und lebte eher schlecht von der Fürsorge, dann arbeitete seine Frau, er wurde Hausmann. Übrigens teilten sie alle Arbeit und alles Geld peinlich gerecht unter sich auf, worüber sie eine privatvertragliche Satzung abschlossen. Nebenher war er unbezahlt für die Partei tätig und hat mehr geschuftet als mancher Hauptamtliche. Als seine Frau gestorben war, zog er an den Rhein, arbeitete in einer Druckerei, in der er bis zur Rente blieb.

Er kümmert sich nun intensiv um seinen Körper, liest, wenn er nicht Yoga macht oder wandert. Immer noch aber schafft die Krankheit in ihm, der Widerspruch. Er kann sich nichts anderes denken, als Kommunist zu sein. Aber er kommt mit Atheismus und Materialismus nicht mehr zu Rande. Die Genossen, also seine Heimat, haben kein Verständnis dafür. Er wühlt sich in die Anthroposophie ein, entdeckt Gott. Ich bin ein religiöser Mensch.

Darüber kann er mit Genossen nicht reden, er muß es verheimlichen. Als ein alter Genosse hilflos krank wurde, riet er dem, er solle doch die Gemeindeschwester um Besorgungen bitten. Lieber verrecke er, hat der Genosse sich empört, als daß er das schwarze Gesindel über seine Schwelle lasse. Doch gerate man unweigerlich zu Gott, wenn man sich ernsthaft frage, was Leben sei, was Pflanze, Tier und Mensch verbinde. Der Materialismus kann ihm nicht erklären, warum er plötzlich beim Wandern wie von einem Magnet vom Weg abgesogen werde, blind in den Wald gehe – und plötzlich vor der allerschönsten Blume stehe. Warum kann er mit Katzen und Eseln reden? Wüßten die Genossen, daß er oft in den Park eines feudalistischen Schlosses gehe, um einen ganzen Nachmittag lang dem Spiel der Pfauen auf der Mauer nachzudenken, wäre er erledigt.

Ich resigniere. Bin kein rationalistischer Berserker, auch kein Naturfex, aber darüber zu disputieren, ob es Gott gibt oder nicht, habe ich mir gründlich abgewöhnt. Ich frage nach dem Rezept des ausgezeichneten Kuchens. Der Bekannte zeigt mir seine Küche und hundert Dosen, Gläser, Tüten mit Kräutern, Körnern, Pulvern. Die Namen der Blumen, die ich zur Besänftigung meiner verkorksten Seele aufgießen und trinken solle, habe ich noch nie gehört. Ich schreibe mir dies und das auf, werfe bald alles durcheinander, verspreche, schon morgen den anthroposophischen Laden, den er empfiehlt, aufzusuchen. Nur indem er radikal natürlich lebt, kann er seine Krankheit ein wenig eindämmen. Ein glücklicher, schöner, starker, junger Mensch zu sein, war immer mehr sein Wunsch als sein Vermögen. Der Widerspruch werde bis an sein Ende in ihm schaffen. Seinen Anzug könne niemand wegwerfen. Sein Anzug ist doppelseitig: proletarischer Materialist und Visionär des Sonnenmenschentums. Bei Wanderungen vom Arbeitersportverein modellierten sie in ihren Köpfen lichtdurchflutete Siedlungen inmitten üppiger Natur. Zum Kommunismus gibt es keine Alternative. Aber von wirklicher Lebensqualität kann weder in den kapitalistischen noch in den kommunistischen Ländern die Rede sein. Hier wie dort werden die Menschen krank, sind gehetzt, bringen sich um, vernichten sich mit Giften, werden trotz des wissenschaftlichen Fortschritts nicht gesünder, sondern kränker. Auch in der Sowjetunion und in der DDR werden die Wälder vernichtet, obwohl, sagt er, der Ostblock ja keine andere Wahl hat. Doch ginge es nach ihm, würde er alles Geld, das für die wahnsinnige Rüstung ausgegeben wird, in den Naturschutz stecken, obwohl, sagt er, er zur Sowjetunion und zur DDR stehe. Lebensqualität ist, daß der Mensch seiner Bestimmung gemäß leben kann. Dazu wird der Kapitalismus nie in der Lage sein. Wir brauchen die klassenlose Gesellschaft. Also brauchen wir die Diktatur des Proletariats. Dazu brauchen wir die Kaderpartei im Sinne Lenins. Aber was nützt diese Partei, wenn ihre Revolution eben nicht zur Lebensqualität führt? Das ist das Problem. Aber wollen wir denn überhaupt eine Revolution?

Ich verabschiedete mich überstürzt. Wieder stochern wir im Nebel zwischen Politik und Subjektivität. Ich habe Durst auf Bier, will rauchen, lasse den richtigen alten Kommunisten in seinem Museum für Körner und Belletristik zurück. Ich gerate in eine Kneipe, in der ein alter Mann, der sich als Zigeuner vorstellt, ziemlich betrunken, ziemlich schwungvoll und falsch Zigeunerweisen anfängt, wobei ihm der Geigenbogen mehrmals aus der Hand fällt. Die umhersitzende Jugend hält sich die Ohren zu und ruft: Aufhören, ich klatsche aus mitleidigem Protest. Der Zigeuner setzt sich zu mir und streichelt mir unentwegt die Hand, redet viel vom großen katholischen Glauben der Zigeuner. Ich werde abwechselnd mit Kognak und der auf den Unterarm gebrannten KZ-Nummer traktiert. Ich möchte mit dem Zigeuner reden, schon wieder Lebenserfahrungen hören, aber er ist zu betrunken und heult mir nun auf die Hände. Als er beginnt, die Jugendlichen als alte Nazis zu beschimpfen, als Mörderbande, schließlich aufsteht, um Armes Deutschland zu rufen, fliehe ich. Ich sehe zu, daß ich die ausgeliehenen Bücher wieder loswerde. Verzichte auf die schon bezahlte Nacht und reise quer durch das dunkle Deutschland. Bei einem Aufenthalt in Freiburg werde ich im Morgengrauen von einem schwarzen Rollschuhläufer durch die leere Halle und über den Bahnhofsvorplatz verfolgt, der mich ein fettes weißes deutsches Schwein schimpft, weil ich ihm nichts gegeben habe. Aber von dem, was mir geblieben ist, will ich Kaffee kaufen. Im Schwarzwald steigt eine Schulklasse zu. Ich höre, wie die Schüler, die sich derart küssen, daß ich wegsehen muß, beim Anblick jeder neuen Straße und jeden größeren Autos: Wahnsinnig, rufen. Ich bekomme einen Kaugummi angeboten und erfahre, daß sie Grün wählen und mit eigenen Augen prüfen wollen, wie drekkig der Bodensee sei. Ich berichte von meinem kommunistischen Bekannten. Ach, winken sie ab, der Kommunismus! Sie ziehen aus einer gewebten Umhängetasche Ernesto Cardenals Buch von der Liebe und schenken es mir. Auf dem Gang, blättere ich in dem Buch: »Straf sie, o Gott!/Laß scheitern ihre Politik!/Bring ihre Memoranden durcheinander!/Verhindere ihre Programme./Wenn die Sirene heult,/wirst Du mir beistehen,/meine Zuflucht bist du am Tage der Bombe.« Ich überlege, ob ich das Buch von der Liebe aus dem Fenster werfen soll, und schau in die vorbeifedernden Büsche.

(Die Orte der Handlung wurden aus Gründen der Diskretion vom Bodensee nach Westfalen verschoben.)

## RÖMISCH-IRISCH

Während ich auf die Rheinfähre warte, fühle ich zum ersten Mal, daß meine Haare am Wirbel über dem Hinterkopf ausdünnen. Ich stoße sofort auf kühle Haut. Auf dem Foto meines Vaters auf der Kommode ist keine Glatze erkennbar. Die Chance, meinen Vater zu überholen, ist groß; es fehlen nur noch zwei Jahre. Der Gedanke an den Tod erschreckt mich nicht. Es ist schön still dort und grau, und meine Schuld ist es nicht gewesen. Aber daß er ein Leben beschließt, das weder Sinn noch Spaß gehabt hat, wäre zu dumm. Heidi. Nein. Zuvor muß ich mich ins Gleichgewicht bringen. Der verwachsene Zwerg auf dem Drehsessel vor dem Steuer des Fährbootes, in dem ich der einzige Gast bin, ist nicht Charon. Er ist Angestellter bei den Städtischen Verkehrsbetrieben. Die Mütze sitzt ihm korrekt über den Ohren. Ich muß die Bilder auswechseln. Nicht der durch undurchdringlichen Nebel über den Styx rudernde Nachen, nicht die ewig gescheiterte Hoffnung im Packeis, diese Kette von Schiffswracks, nicht Venedigs schwarze Gondeln. Es gibt ja auch: Fröhliche Heimkehr in den Hafen, Lustpartien auf behäbigen Spreekähnen, Washington überquert den Delaware, das Floß der Medusa, und: die Freiheit führt das Volk. Die Finger auf der kahlen Kopfplatte schwöre ich, die Hälfte des Lebens zu nutzen. Wellen schlappen gegen das Boot, die Sonne zerlegt das Sichtbare in einfache Farben, sie ist warm wie im Sommer, ich kann den Mantel ausziehen und die Muskeln lockern.

Noch ist die Türe zur Sauna verschlossen. Die Rentner rammen sich mit nylonblauen Adidastaschen, klirren mit Schlüsseln gegen Glas und Fliesen, Aufmachen, S'isch Ziit, S'goht dagegge, Kumm itzt, Seichkerle. Als der Bademeister endlich öffnet, stellen die Rentner die Schultern quer, rempeln um die besten Spinde, Gummihosenträger schnalzen, ein Fettschurz kullert in Kaskaden aus dem Korsett, ein Ellenbogen knickt aus kariertem Ärmel und verteilt Nasenstüber, Granathintern blühen auf aus langen Unterhosen: ein Alter ohne Fasson und dann der Tod, ich trage eine Brille und stelle mich, als ob ich nichts sähe. Die Rentner grapschen um die passenden Plastelatschen, sie schludern die Kleider in die Spinde, nur wer zuerst kommt, hat nicht das Nachsehen, sie patschen am Bademeister vorbei, So, Dschenndlemänns, läbet Ihr auch no, saget emol, sie seifen sich die Bäuche ein unter den sattesten Duschen, laufen schon nach den obersten und wärmsten Sitzplätzen, hocken vornüber, vergleichen Schwitzpfützen scheeläugig, memorieren die Rezepte fürs Überleben.

Sitzengeblieben im Umkleideraum ist der Kahlkopf. Hinter dem Ohr die messerlange Narbe. Der Tumor war gutartig, jeder zweite überlebt so eine Operation, und er hat überlebt und ist nun halbseitig lahm. Er versucht, die Strickjacke vom Arm zu zupfen. Ich trage eine Brille und sehe nichts. Ziehe mich aus hinter der aufgeklappten Spindtür, ohne daß mein Gesäß Flagge zeigt. Den Kopf nach innen gewendet, die Arme frierend um die weiche Schreibtischbrust, will ich ohne Aufsehen am Bademeister vorbei. Aber da ruft er schon und schlägt die Hände an die Hosennaht: Stillgestanden, der Dschenndlemänn von der Unwissetät, die Ehre; hat Er wieder frei am hellichten Mittag? Zwar trage ich eine Brille, aber taub kann ich mich nicht stellen. Ich lächle und blecke versöhnlich die Zähne. Saget, fragt der Bademeister, ohne eine Antwort zu wollen, stimmt des, daß es an derre Uni noch schlagende Verbindungen gibt? Aber natürlich, steht doch heute in der Ziiting, einen Professor haben sie wieder geschlagen, geprügelt, schwarz auf weiß, aber lest Ihr it die Ziiting von denne kleine Leut? Ich lächle so gutwillig ich nur kann. Der Bademeister aber beugt sich schon wieder über die Nummer Eins auf der Massageliege, seine Muskeln laufen unter dem Trikot, er knetet spreizfingrig die Schulterblätter, die Wirbelsäule der Nummer Eins rauf und runter. Der Biermann, sagte er auf die schlingernde Nummer Eins hinunter, hockt in einer Villa wie ein Arbeitgeber oder der Kaiser von Schina und kippt Kübels von Dreck über uns, sollen sie ihn doch retour zu Honecker schicken, Porto zahlt Empfänger, für den habet mir uns it de Aasch ufgrisse seit Anno Adolf. Du, stottert stoßweise und mit Schaum bis über die Ohren die Nummer Eins, hast Dir noch nie de Aasch ufgrisse. Der Bademeister greift etwas kräftiger zu überm Ischiasnerv.

In der Schwitzkammer herrscht Händel. Verdickt die heiße Luft. Der Jäger und der Gorilla sind auf dem obersten und wärmsten Platz mit den Hintern zusammengeprallt, aber der Jäger hat zuerst gesessen, der Gorilla mußte absteigen. Sowas ist dem Gorilla noch nie passiert. Achtzig ist er und geht seit vierundvierzig Jahren in diese Sauna. War auch zur Kur in Bad Pyrmont, in Bad Tölz, in Bad Wildungen, in Baden-Baden und Badenweiler, in Neuenahr, Wildbad, Kissingen, Zurzach und selbst bei den Trickotrackos in Abano, aber so etwas ist ihm noch nirgendwo untergekommen. Der Tag ist hin. Und der Gorilla, der immer spaßige Satyr, grätig. Er krallt sich über die rotbehaarte Gorillabrust, fletscht das Gebiß, schiebt die bulligen Klöten auf den rechten Oberschenkel, schüppt sie wieder zurück auf den linken, fünfzig Jahre am Bau, da hat er sein gutes Recht auf einen warmen Platz, hat denn der Jäger seiner Lebtage einmal was geschafft, der ist doch Beamter. Awa, schwätzsch Du nur, mault der Jäger in Pension, um fünfe war er schon dusse im Wald und hat siebene Füchs derschosse, die hats heuer wie Flöh. Schweigend schnalzt der Satyr mit der Zunge das Gebiß nach vorne und saugt es wieder ein. Stumm verbeißen sie sich. Das Schwitzen wird Arbeit. Der Schweiß perlt auf der Stirn, rinnt in die Augen, die sich röten und brennen, der Schweiß gießt aus den Achseln, die Brust wird enger, der Schweiß schnürlt die Schenkel hinunter und kleckert und verdampft auf dem Rost. Keiner geht. Wer es am längsten aushält, lebt am längsten. Wer am längsten lebt, behält recht. Nicht einmal mehr: Jaja, soso. Sitzen störrisch, verstritten, die Augen einwärts, wie Buddha, sich von innen heizend.

Allmählich aber wird der Jäger unruhig. Sein Kopf lodert schon. Die Fistelstimme wagt das erste Wort, schnuppert mit Pinselbrauen, schaudert mit dem Äffchengesicht und schilt: Viel zu kalt herinnen. Mindest ein Grad zu nieder, stimmt sofort der Jäger ein. Isig, sagt der Gorilla, steht auf, sieht aufs Thermometer und triumphiert: Wie in Grönland. Bedachtsam setzt er sich wieder und hebt eine Backe an, siebt einen Wasserfurz durch den Lattenrost, jetzt können allemann laut lachen: Die verdammte Hurensau, der Siech, der allenfenzige. Der Satyr schnalzt sein Gorillagebiß vor. Da ist die Brust wieder weit. Man lebt auf. Teigkratzer schaben die Harnstoffe vom Leib, Bürsten rubbeln rosig, der Satyr quetscht mit den Fingern die Hüftwülste und wringt den Speck aus, er lupft die Birnenhoden und zuzzelt die Vorhaut. Wer war an allem schuld: der Bademeister. Mir frieret! Wo bleibt der Bademeister! Hier isches so luusig als wie in Sibbirie! Was tut so ein Badesäckel überhaupts den ganzen Tag! Kerle, kumm itzt! Wärmer, fiepst die Fistelstimme, der Satyr pfeift auf den Fingern, der Jäger trommelt mit der Bürste. Der Bademeister kommt und prüft das Thermometer und entscheidet: Genau richtig, Dschenndlemänns, aber die Rentner mosern auf, da braucht er einen guten Abgang und sagt, weil er weiß, was dann kommt: Ich muß mich eben nach dem schwächsten Glied richten. Soso, nach dem schwächsten Glied, Kerle, aber Du, ruft der Satyr ihm nach, hocksch doch gar it inne. So ein Bademeister soll Plastikvögel an die Glastür kleben, damit sich seiner nicht dran stößt. Feixt der Jäger. Hei verruckt, unterstützt ihn der Satyr.

Nun sind sie gut gelaunt und halten es noch ein bißchen aus und rechnen ab mit dem Rest der Welt: Außer dem Jäger sind alle Beamte Dipfeleschießer. Straßenplaner überflüssig wie ein Kropf. Die Schwoobe alles Verbrecher. Sowieso. Verzwinget uns die Autobahn, stehlet uns das Wasser aus dem See, kaufet unsere Straßen und Dörfer, Sauschwoobe die, als so ein Schwoob zum Sterben kam, sell war ein Bauer, da hat der Pfarrer gebittet und gebettelt, der Doktor, der Schultes, die ganze Familie: Vadder, überschreib den Hof dem Sohn, damit er zusammen bleibt und nicht unter die tausend Erben zerfällt, aber der Vater, schon am Ende und die Beine weg von dem vielen Most und Stumpen, hat gesagt: Noi, noi, i gib nix, wo moi isch, nitte nitte, das war sein letztes Wort, und kaum war er hin, da hat sich jeder der tausend Erben sein Eckle vom Hof abgezwickt und aus wars, und dann ist einer gekommen von Frankfurt oder Hamburg oder irgendwo dort oben und hats wieder zusammengekauft und wollte eine Chemiefabrik draus machen und ist kaputt gegangen und keiner hat Geld gekriegt und ganz aus wars: des sin de Sauschwoobe! Schwiizer sin au it besser. Dunket sich alls ebhis Bsunders. Und wafür Schprüch sie machet mit ihrenem Wii, Heiland, kennscht sell Meyer mit E.Y., wo biim Reinhart in Winterthur schafft, e rächte Trubehüeter. Und die, wo im Roothus umenandhocket, sin sowieso Lumpe. Es isch ebbe it me des.

Damals, als es noch Socken und Ärmelhalter gab und die Streichholzschachteln noch aus Holz und die Hosenträger noch aus Lederringen und die Schuhe noch aus Filz und Holz oder Pappe waren, damals. Dagegen ist die heutige Zeit, daß man sich freuen kann, alt zu sein. Fernseher und Auto machen alles kaputt. Früher gab es ein Leben. Heute gehen die Leute wegge jedere Furz, wo se it könne lasse, zum Doktor. Wie die Fliegen, sagt der Satyr und kratzt sich die Eichel, sterben heute die Jungen, zwei Kollegen von seinem Sohn hat der Krebs geputzt, den Zahnarzt Sauter hats mitte uf de Strooß verwischt, umkeiet und aus, und einer isch it me ufgwacht, am Obend ins Bett gjuckt un am Morge en kalte Aasch ghet. Ja, pflichtet der Jäger bei: wenn der Jakob seit: Ab in Kaschte, denn kasch nint mache, musch die Löffele schmeiße. So ist das heute. Und wars schon immer. Nur hat die AOK früher die Sauna bezahlt und jetzt nicht mehr, weil sie ihre Angestellten viel zu gut zahlt. Die verdienen schweinemäßig. Der Rentner muß jeden Pfennig umdrehen. Und das bei den Abermilliarden, die sie den Negern nachschmeißen. Die Gewerkschaften sind so reich, die müssen sogar in Damenbinden investieren, um unser Geld loszuwerden, überall den Finger drin. Wenn selbst der Papst an Munitionsfabriken beteiligt ist. Aber es hat doch alles in der Zeitung gestanden. Es ist nichts mehr. Die Leute fressen heute nur noch Pillen. Und der Wein schmeckt von der ganzen Chemie und dem Zeug, wie wenn eim de Imme uf de Zunge tät brunze. Frieher hets no Birre gäbe, dick und saftig, die het me Fraueschenkel gheiße. Findsch it me. Domals wo no kei AEG do gsi isch und kei Uni au it. Nun ist es aber Zeit zu gehen. Der Jäger geht, und der Satyr geht, und der Jäger läßt dem Satyr den Vortritt, und die Fistelstimme schlupft hinterher, und da ist auch der lahme Kahlkopf soweit, er stakt auf Krücken in den Schwitzraum, und der Jäger läßt die Tür los, und die Glastür schlägt dem Lahmen in den Rücken, hopplä, lacht der Satyr und fletscht den Gorillakiefer.

Sybaritisch. Für die Sekunde des Eintauchens mit erhitztem Körper ins kalte Wasser lohnt das Leben. Das Wasser klirrt. Zurrt den Leib zusammen. Lust. In den

Warmwasserbottich hineinwatend, rollt sich ein Nadelkissen von den Zehen herauf, läßt mich meine Haut spüren, nun weiß ich, daß der Kopf mit seinem Schmerz von Unruhe hinter den Schläfen nicht mehr ist als der letzte Teil meines wohlig prickelnden Körpers. Die Hände verlernen das Zittern. Mein Kinn auf dem blau gekachelten Wasser, auf dem Schuppen treiben. Flocken von Schaum, Haare, die mich nicht ekeln. Ich bin ganz rund. Mein Körper strömt. Eingesuppt ins Heiße schwimme ich Frosch mit abgegrätschten Beinen im Fruchtwasser, gewärmt bis über den Scheitel, fötal kompakt zerfließend schwappe ich bin Ich. Das Beinwerk schlingert schwerelos. Tänzelt knickebeinig auf Zehenspitzen, stippt die Füße des Jägers. Der lächelt. Durch das Milchglas fällt die Sonne und legt den Wasen in schräge Streifen.

Die Wasserpfützen spiegeln die Narben der Rentner auf dem Kachelboden. Körpergeschichten. Bald stumme Zeugen. Eine Brust wie ein Bombentrichter. Ein zerschossener Arm hängt verkümmert. Klumpige Elefantenfüße, alle Zehen abgefroren, Schneelöcher, Winterstürme, über einen Ozean von Schnee springende Pelze in Rußland, davongekommen, während die Zehen verfaulten. Aus breiten Messingkränen stürzt das Wasser weich, dampft, schlägt Wellen, auf denen der Jäger schaukelt, sein Rotkohlkopf, die Karfunkelnase. Er hat die braun gesprenkelten Arme über das Gestänge gelegt, dessen Kugelgriffe gelb abgerieben sind, nichts ist neu hier, die Haut lappt dem Jäger vom Arm, fast wie lose, ahnbar, was sich vielleicht bald schon herausschält, das geschichtenlose Gerippe, der Jäger schwenkt die Beine, hockt schwebend im Wasser, führt mit Lust und Mühe die Knie geschlossen nach links an die Kachelwand, schwenkt um und führt sie nach rechts, zieht sich zur Wand, stößt sich ab, hakt die Zehen unters Geländer und liegt nun rücklings im Warmen, taucht ab, prustet auf. Mir schwitzt der

Blick. Langsam verträn t die Uhr im Salzbad der Augen. Höre den Lahmen platschen und klicken über die feuchten Fliesen, erinnere mich, schrecke nicht, höre das Flamencoklatschen vom Massageraum her, gehe mit geputzter Brille durch die Rentner, die Nummer, die der Bademeister bearbeitet, ist der Tscheche, den sie Schwejk nennen, sein Beinstumpf kickst über der untergeschobenen Gummiwurst, die lachsgelbe Prothese lehnt daneben. Der lahme Kahlkopf sinnt auf der Hämorrhoidendusche, das laue Wasser braust von unten alles, was sich öffnet und bimmelt. Der Gorilla bürstet sein Gebiß. Die Fistelstimme klemmt in der Sitzbadewanne, ihr Spitznägelein treibt auf mit steigendem Wasser im Keramikbottich. Nun weiß ich, wofür ich lebe. Wir haben ja alle verdammte Lust, glücklich zu sein. Jeder zimmert den Hag, wie er kann. Du, Schtudierte!, winkt mich der Satyr heran. Er schiebt sein Gebiß wieder ein und fragt: Hesch gläse: Do het onner en neie Rekord ufgeschtellt un en Erbsle drü Kilometer mit de Nas grollt, jaja, im Alter werden alle Glieder steif, sagt er und wartet, und da ergänzt auch schon die Fistelstimme im Auftrieb: Bis auf deins.

Der Jäger müßte, wäre es nach den Ärzten gegangen, seit drei Jahren tot sein. Hat aber schon überlebt: Einen Lungensteckschuß vom Iwan, Nierenschrumpfung im Franzosenlager, wo sie die kalte Winternacht über hinter dem Zaun gelauert haben, daß der Posten, ruhelos zwischen zwei Poussagen mit deutschen Liebchen, die Kippe wegwarf, hat überlebt: den Infarkt nach der Pensionierung, nun die Leberzirrhose. Zwei Liter Milch am Tag. Aber das hilft nicht allein. Die Kraft muß von innen kommen. Sein Sohn ist arbeitslos, ein Diplom-Volkswirt. Ein junger Kerl mit dem Leben vor sich. Liegt den ganzen Tag auf dem Kanapee, raucht, säuft, sieht fern, schluckt Valium, wäscht sich nicht, traut sich nicht aus dem Haus, hat nicht einmal den Mut, sich morgens zu rasieren und den Hosenbund zuzuknöpfen. Kerle, mach das Fenster auf, hör die Vögel singen, nimm den Hut und geh auf die Walz oder in die Beiz am hellen Tag, wie Du immer gewollt hast, solange Du arbeiten mußtest. Aber der Sohn hat keine Kraft, nicht einmal zur Freude. Das ist die Seuche unserer Kultur. Im Heftle der Barmer hat der Jäger gelesen, daß ein krebskranker Mann in hohem Alter im Faltboot über den Atlantik gepaddelt ist, den Durst ertragen, die unvorstellbaren Strapazen, geplatzte Haut, sengende Sonne, Sturm, haushohe Wellen, Haifische, halber Wahnsinn in der Einsamkeit des Ozeans. Er hat es geschafft und ist der fröhlichste Mensch der Welt. Der fürchtet nichts mehr. Wir können nicht jeden Tag über den Ozean paddeln, aber jeder Tag ist eine Atlantiküberquerung. Mit habbet unser Lebbe müesse zemmekratze mit blutige Fingere, nu wellet mir auch ebbis habbe devo. Seit der Jäger Pensionär ist, hat er keine Zeit mehr, so beschäftigt ist er mit sich.

Die Gegenwart schlägt andere Wunden; ihre Geschosse gehen unter die Haut. Stallhasenzeit. Die Infarktanfälligkeit der Schweine steigt mit der Industrialisierung der Schweinehaltung. Aber Breughels Parabel der Blinden ist auch von hinten zu lesen:

Der Erste rappelt sich auf, die blinden Bettler erheben sich aus dem Dreck, klopfen den Schmutz aus den Lumpen, gehen weißäugig, aber die Hand sicher auf der Schulter des Vordermannes, die Köpfe aufrecht, lauschend nach Stimmen, die aus den Bäumen im Mittelgrund kommen könnten, die den Kirchturm, den Fingerzeig Gottes und des Malers aufs Jammertal abblenden. Den Bierdeckel umdrehen. Die Spontis haben, wo früher stand: Macht kaputt, was euch kaputtmacht, an den Beton gesprayt: Lust am Frust ist Terror. Was ist so lächerlich an Spitzweg? Am versunkenen Kakteenfreund vor der grauen Wand, an der ein Pendel still ausschlägt, der sich im Hausrock die rote Kakteenblüte besieht auf der Bank vor dem Fenster. Ein Wanderer erreicht am Abend das Ziel, blickt, die Augen schattend mit der Hand, ins Tal, und ist zu Hause. Goethes Rücken, im ruhigen Zimmer, ins Fenster gelehnt. Was macht uns die kleinen Bildchen zum Lachen? Auf dem Anger vor dem Dorf vervespern die Kommunisten an einem langen Tisch die Sau des Genossen, ein anderer hat sie gemetzget, ein dritter das Bier im Bollerwagen herangerollt, die rote Fahne seitwärts ins Gras gepflanzt. *Dorzu dienen die Künst, dann sie geben zu erkennen Guts und Bös.*

Wer kommt denn da, rufen die Rentner. Und: Salü. Und: Heilandsäckel, der Senior. Der Senior ist bald neunzig. Die Augen wie blutig, die unteren Lider sind abgesunken. Auch der Hintern weggeschrumpft. Aber die Brust hoch und fest. Die Haut straff, der Rücken stockgerade. Mittwochs: wandern, freitags: Sauna, montags: kegeln. Winkend verteilt er Grüße. Der Senior war verschwunden. Da, wo niemand, der fürchten muß, auf eigenen Beinen nicht rauszukommen, gerne reingeht. Schreckliche Leiden, berichtet der Senior, hat er gesehen von Alten, die nicht sterben können, weil ihr Herz zu gut ist. Das halbe Krankenhaus ist mit alten Leuten belegt. Wohin sollten sie sonst. Aber nun ist er ja wieder da. Er spricht wahrhaftig so wie einer aus einem Danzig-Roman. Daß es so etwas wirklich gibt. Ihm war so komisch flau gewesen. Kein Wunder, hat gesagt die Schwester von der Sozialstation, die wo das Essen am Mittag bringt. Ich hatt ja keinen Puls nicht. Nischt wie ins Krankenhaus. Da bleiben Sie man gleich da, hat gemeint der Doktor im Krankenhaus, ich müßte einen Herzschrittmacher haben. Nun gut. Oder sterben. Und wer gibt das Pinkepinke? Zahlt die Kasse, hat gesagt der Doktor, und war ja auch so. Nu, da haben sie äbän ijämacht ain Härzschrittmacha, odder. Nu hat er wieder Puls. Der Senior zeigt seine Narbe unterm Schlüsselbein. Wo isse denn, fragt die Fistelstimme, pinselt mit den Kapuzinerbrauen dem Senior auf der Brust. Ist fast nix mehr zu sehen. Unkraut vergeht nicht, sagt der Senior, nu will er aber hundert werden. Die Rentner setzen den Senior auf einen Hocker. Alle Augen zu. Sie stapeln ihm ihre Hände auf den Scheitel. Haltets Muul und konzentriert euch. Jetzt die katholisch gefalteten Hände dem Senior unter die Achseln und die Kniekehlen. Jetztet, auf, und der Senior schwebt über Wasser, Kacheln, Hocker, hoch soll er leben, dreimal hoch.

Der rundum rot behaarte Satyr schleicht sich an den Elefantenfüßler unter der Dusche an, bespritzt ihn mit dem kalten Pfarrer-Kneipp-Schlauch. Der Klumpfüßler brüllt, die Fistelstimme quiekt, sie treiben den Gorilla über die Fliesen, sein Gehänge kugelt prall im Schoß, sie drängen ihn unter die Laserstrahldusche, klemmen ihn mit festen Bäuchen ein, der Lahme feuert mit der Krücke an, sie richten die scharfe Dusche auf die Brust des Satyrs, schneiden die Brust, sind schon am Bauchnabel und nähern sich Tieferem, der Satyr hickelt wie Rumpelstilzchen und jauchzt und deckt sich kraulend die Hoden, da plötzlich taucht er ab, rammt mit dem Schädel die Front der Bäuche, bricht aus dem Kessel, urschreit, flitscht über die schlüpfrigen Kacheln, stürzt, wirft sich kopfüber ins kernbeißkalte Wasser, taucht als Walroß wieder prustend auf, schaufelt Schlieren eisigen Wassers auf die am Rande lauernden Verfolger, daß die kreischend weghüpfen, macht aus dem Stand einen Fontänesatz aus dem Nordpolwasser und glitscht wie ein Delphin durch die Luft und über die mannshohe Begrenzungsmauer ins warme Bekken und bartelt über meine Füße. Achtzig ist er. Wa gucksch, Schtudierte?

Ehe ich michs versehe, hat mich der Satyr gefaßt, spreizt mich vor sich hin und begießt mich mit dem Kneipp-Schlauch; es spült die Zehen, leckt die Schienbeine hinauf, zieht Ellipsen auf den Oberschenkeln, marschiert auf dem Unterleib, platscht mir über die Schultern, den Nacken, die Brust, guet odder, fragt der Gorilla, es ist mir gut, sehr kalt, sehr gut, peinlich, aber mehr gut, der Gorilla faßt mich an, er knetet mir den Rücken, er paukt und streicht, verpaßt meinem Hintern Pfefferschläge, zwickt mir den Hüftspeck, ich schließe die Augen und überlasse meinen Körper den Entdeckungen des Gorillas. Und jetzt ich, kumm, sagt er plötzlich. Und lehnt sich an die Wand mit den Händen, hält mir den Rücken hin. Zögernd kurve ich mit den Händen in der Luft zur Probe. Weiß nicht wie. Wie faßt man alte Männer an? Aufauf, fordert der Satyr. Die Rentner stehen dem Tode zu nah; als gäbe man sich selbst zum Abschied die Hand. Kum itzt, der Satyr schunkelt ungeduldig mit dem Rücken. Wa isch, Schtudierte? Unter den roten Haaren sind Altersflecken sichtbar und viele kleine Warzen. Mit einem spitzen Finger betupfe ich das Schulterblatt. Feschter, Heiland, zue, murrt der Satyr. Ich senke die Hand, nun liegt sie flach auf der Schulter, es brennt. Da hat die Fistelstimme meine Hand gepackt, sie rührt und kratzt und patscht mit meiner Hand, als wäre es ihre, die Pinsebrauen triolen in die Höhe, das Äffchengesicht feiert Fasnacht, der Hand, die über meiner Hand liegt, fehlt eine Fingerkuppe, die Knöchel sind dick von der Altersgicht, Fjorde zwischen den Sehnenzügen. Und nun zusammen unter die große Dusche. Da stehst' wie im Dschungel. China.

Und jetzt, sagen die Rentner beim Anziehen, gehen wir in die Wiistub und schlotzet einen suberen Markgräfler. Sie rubbeln dem Lahmen den Kahlkopf trocken, zurren ihm die Socken hoch und knüpfen sie an die Sockenhalter, hocken sich vor ihm hin und schnüren ihm die Schuhe. Einmal habe ich dem Nörgler einen Kreidefleck von der Jacke geklopft, statt ihn nur daraufhinzuweisen. Wir fielen sofort in ein Gespräch über die Feininger-

Ausstellung in Zürich. Die Rentner putzen den Lahmen wie eine Braut. Der Schal rutscht ihm von der Schulter, ich hebe ihn auf und halte ihn dem Jäger hin. Der Jäger knotet dem Lahmen den Schal um den Hals. Der Bademeister hat die Arme untergehakt. Ah, fragt er, ohne eine Antwort zu wollen, nun muß sich der Herr von der Unsinnetät gewiß eweng ausruhen von der Anstrengung. Sind Ihr von der Uni, fragt der Gorilla so, daß ich versöhnlich lächle. Wie isch des nu au mit dene Kummunischte, fragt er weiter. Ich winke ab. Isch des etwa alls verlogge, wo in Ziiting stoht, fragt die Fistelstimme und zittert mit den Pinselbrauen. Stark übertrieben, sage ich. Verschießen, grient der Jäger, alle die Drecksäu verschieße. Das rote Nescht ausrotte. Wie die scho schwätzet dirt obe. Eins, wo kein Dialekt ka schnorre, mueß fascht e Kummunischt si. Der Gorilla fordert: Schaffe, bis ihne de Aarsch kocht. Die tun nix wie saufe, die saufet de ganze Tag un haschet. Und mir müeßet des zahle. Hent mir früher e Auto ghet? Nei, aber Arbeitsdienst und Krieg. Der muß wieder her, der da, sie kommen auf mich zu, sie kreisen mich ein, sie stochern mir mit Fingern, an denen Kuppen fehlen, vor der Nase, sie dulden keinen Widerspruch, der Satyr schiebt von unten sein Gesicht herauf, feixt, die Hakennase, Häscher, Flammenzungen auf den Bildern von Hieronymus Bosch, das sind sie, er legt Mittel- und Zeigefinger auf die Oberlippe, der muß wieder her, der Teppichbeißer, da hats keine Terrorischte gebbe, sie lachen und drücken mich fast in den offenen Spind, Führer befiel, wir folgen, knallt der Jäger seine Hacken zusammen, selbst der Lahme hebt die Krücke und zielt über Kimme und Korn, sie werfen die Arme geradeaus in die Luft, schreien Dreiliter und Heil Schickelgruber, der Gorilla boxt mir vor die Brust, daß ich auf die Bank falle: Preißebüeble, lacht er, Seichknöpfle, hesch Angscht, verstehst keinen Spaß, odder, sie marschieren im Gänsemarsch davon und wedeln mit den

Plastiktaschen im Gleichschritt den Gruß: Die morschen Knochen zittern nicht.

Die Sonne scheint heller. Das Mosaik des Bades leuchet: Ein Kantiger nackter Mann trägt einen Spaten über der Schulter; eine Frau, die wie mit dem Butterbrett modelliert aussieht, sammelt Ähren. Bahnhofs- und Hallenbadkunst. Damals, als es noch kein Fernsehen gab. Trotzdem: Nun atme ich durch alle Poren. Ein früher Sommermorgen, wenn man aus dem Haus tritt, um eine lange Wanderung zu machen. Den Tag zu bespringen. Die Luft ist klar. Ich wittere, pfeife. Die Sonne scheint heller.

# DEUTSCHER BRIEF AUS DEM COOP IM EXIL

## Ein Bericht zur Lage im Juni 1990

Konstanz, Juni 1990

*Deutscher* Brief? Je nun, nun benutze auch ich dieses Wort. Ereignisgedrungenermaßen. Meine bittere Glosse über die imperiale Besetzung des Wortes »deutsch« durch die Bundesrepublik, vor einem Jahr geschrieben, bleibt unveröffentlicht bis zum Nachlaß und bedarf dann eines Kommentars. So ändern sich die Zeiten, aber wir, hoffe ich, nicht völlig in ihnen,

mein lieber Udo,

Du habest, mahnst Du, seit längerem keinen Brief von mir bekommen. Stimmt. Ebenso stimmt: Auch ich war in der DDR, die ich so schreibe, auch wenn sie sich selbst gern vor der Zeit mit Gänsefüßchen schreibt – wie mir mein Leipziger Freund mitteilt und anmerkt: »Ein Volk, das die Idee der Freiheit nicht im Herzen trägt, hat nichts anderes verdient, als von einer Knechtschaft in die andere zu fallen!« Wie hätte sich A.C. Springer erfreut gewundert, daß der Geist der Ewigen Fünfziger unversehrt wie eine Leiche im Eis überlebt hat – im Osten. Ich war im Frühjahr oft in der DDR als Grenzgänger, war sprachlos, wollte Dir keinen Brief schreiben aus der DDR, jede Gemeinheit hat eine Grenze. Dachte ich. Stimmt aber nicht. Nicht nur, daß mir ein Düsseldorfer Immobilienpiranha einen Prospekt zur wundersamen Geldvermehrung in Portugal aus Apolda und ein Westberliner Antiquar seinen Katalog (»DDR-Gesellschaftswissenschaften: Jetzt billig kaufen, bald eine Rarität!«) aus dem anderen Frankfurt zuschicken, um einige schon legal 1:3 günstige Portogroschen zu sparen. Die Aasräuberei geht noch weiter:

Vor den Coburger Antiquitätenläden stehen die Thüringer Schlange (wie daheim) mit DDR-iana, und die oberfränkischen Wirte kaufen illegal halbe Schweine in Thüringen, um sie bei sich 1:30 an Maggi-Soße aufzutischen. Und die Coburger fahren mittags in ihren (die Werbung stimmt: »bombigen«) Autos über die Grenze, um in einer ehedem sozialistischen Wirtschaft neben der »Komplex-Annahmestelle« (Freudianer knipsen das noch schnell), volltapeziert mit Kohl und den anderen blauen Parteien (dagegen nimmt sich Ruhpolding im Wahlkampf fast rot zersetzt aus), zwei Rennsteig-Bier, Gulasch und ein Kännchen Kaffee für legal DM 1,70, illegal DM 0,93, einzuschieben: LPG-Fraß, aber gelohnt hat es sich, sagen sie, und werfen dem Kellner auf den Plaste-Tisch eine Westmark Trinkgeld, die dann im EDEKA über der Grenze für ein WOCHENEND landet – den PLAYBOY, klagt die Filialleiterin, lassen sie englisch mitgehen. Ich brachte es nicht übers Herz; ungegessen, wie der alte Voß sagt, kam ich jeden Abend müdegejagt von den frisierten Trabis, die es dem West-GOLF zeigen wollten, und den VierzigtausendDMdingern, die es dem Schrott-GOLF zeigen wollten, zurück zu meiner Mutter, die in einem bis vor kurzem verschlafenen Zonenrand-Tal wohnt, über dessen Straße ein verwaister Bundesbahnbus zum Grenzübergang fuhr, hin und wieder das Malmen der Grenzschutzpanzer – der Bus fährt nun bis nach Eisfeld und ist voll und privatisiert, die Panzer sind wer weiß wo, die Straße nun so, daß Du, weil es noch keine Ampeln gibt, schlechter rüberkommst als über den Bonner Adenauer-Ring. Eins rechts eins rechts: Trabis und VWs gut gemischt. Und vor dem EDEKA findet meine Mutter mit ihrem angemackten GOLF keinen Parkplatz mehr wegen der schnurzig parkenden Thüringer, so daß sie sich montagsfrüh rasch eindeckt mit 1-Minuten-Terrinen.

Kehrte zurück und war (darf man in Zeiten, in denen

alles zügig gelöst wird, pathetisch sein?) *beschämt* wegen der Kinder in den rattengrauen Straßen, die selbst noch unserem Rost-GOLF zuwinkten. Trampen aber wollten sie lieber mit einem BMW. Und gönnerhaft nahm ein MERCEDES fünf reife Gören auf. Und einem Mountain-Bike-Fahrer mit Sturzhelm, der die Thüringer Schlaglöcher übersprang wie einen innerschweizer Wanderpfad, küßten sie die Rennradhandschuhe. Ich erinnerte mich: an uns, damals in der US-Zone; auch wir winkten, obwohl es streng verboten war (Ein deutscher Junge bettelt nicht!); wir winkten und hofften auf einen chewing gum; – aber nein: Es flogen keine LILA PAUSEN aus den MERCEDES-Fenstern, wir sind wohl nicht so kinderlieb wie die Neger aus Texas. Bin ich nun, weil ich den ärmeren Deutschen nicht ihr subventioniertes Essen wegfressen wollte, ein besserer Mensch? Ich bin's nicht. Denn ich hatte meinen Kofferraum voller neuer und alter Bücher in den Tüten der Volksbuchhandlungen, in denen die Wessies standen und durch den Raum schrien: »Grete, hamm die wat über Eisenbahnen?« Bücher? Staunte der West-Zöllner in Rottenbach: Aus dem Osten? Taugen die denn was? Sie taugen. Die neuen, gegen die, nachdem sie ihre DDR-Schutzhülle verloren haben, hüben wie drüben die Messer gewetzt werden; und auch die alten – viel Otto Ludwig aufgestöbert, der, weil Eisfeld sich der sozialistischen Erbpflege wohl im Paket entledigen wird, ganz auf der Abraumhalde des Gedächtnisses landen könnte. Bücher, murrte der Zöllner, die sind doch alle durchseucht. Und er fand, frustriert, daß er keine Gänse oder Biedermeier-Uhren gefunden hatte, den abgelaufenen ASU-Test. Zwar sah er vom Sofortvollzug ab, weil es eine Ungerechtigkeit, da die Trabis ungeschoren stinken könnten, redete mir aber sehr ins Gewissen: Gerade jetzt müssen wir unsere Ordnung verteidigen. Ich dankte und versprach den ASU-Test.

Also nichts mit DDR-Lukullischem. Und ob es die Geheimtips, die Pappschild-Wohnzimmer-Gaststätten mit echter deutscher Hausmannskost zwischen 11.30 und 13.15 Uhr tatsächlich gibt – ich weiß es nicht. Ausgelassen habe ich auch das deutsch-deutsche Würstelbraten im Schatten der Heldburg (Du erinnerst Dich: Der helle Wahn); es wurde vom grenzüberschreitenden fränkisch-thüringischen Heldburg-Komitee organisiert, dem ehrenhalber der ehemalige (noch) Besitzer der Grenzburg vorsitzt, Otto von Habsburg, KuK: Kaiser von Ungarn und König von Thüringen, Heilig Deutsches Reich. Ich bin lieber am Todesstreifen entlang gewandert, Minen unter den Schuhen, noch immer die Helmstedter Angst vor Draht, Türmen, Beton und schneidiger Disziplin derer, die jetzt freundlich sind und die blauen Parteien wählen, noch immer die nun restlos ins Abstrakte gerettete Hoffnung, der Sozialismus möge nicht nur eine Vernichtungsidee sein. Ich hab das Coburger Land, das sich Herzogtum nennt, von hinten gesehen. Es hat zur stolzen Veste eine Konkurrenz bekommen – die unübersehbare Müllverbrennungsanlage. Die Wiedervereinigung kommt, der Markt siegt, was aber bleibt, das stiftet der Müll.

Keine Frage: Deutschland wird Weltmeister. Und das auf unsere Kosten, meckern die Rentner in der Sauna, denn nun schlägt alles auf, der Wurstsalat gleich um sechzig Pfennige, was diesmal nicht vom Atom, sondern von der Wiedervereinigung kommt, ziehn wir doch die Mauer wieder hoch. Wo also, labiler Deutscher, kannst du beruhigt essen und trinken? Sozialistisches Gulasch geht wegen der Scham nicht und fasert zwischen den Zähnen. Der verteuerte Wurstsalat geht aus Prinzip nicht – oder sollen wir deren Schlamperei mit unserem Wurstsalat bezahlen, wo sie uns doch schon die Wohnungen wegnehmen und die Sozialversicherung gefährden! Habt Ihr Deutschen, sagen der Türke und der Grieche, vereint in der Sauna, vierzig Jahre lang gelogen? Wir, sagt der Türke, wir, sagt der Grieche, gäben alles für Zypern. Wo bleibt, wo ißt man in diesen so gewichtigen Zeiten? Kann man noch in Kochmützen- und Sterne-Restaurants? Wachteleier mit Silbernem und feiner Hand zerlegen (si tacuisses: Darf man Wachteleier schneiden?), so feist den Endsieg des Kapitalismus feiern, wenn der geradenoch-DDR eine Marktreform beschert wird, mit der der neue Preis des Brotes so hoch wird wie der alte Preis für die Holland-Isotopen-Gurke? Und dann kommt die unter einem Stahl-Mausoleum verdeckte Rechnung. Stell Dir vor, Du würfest lässig unter das blanke Kuppelgewölbe als Rückgeld ein paar leichte Alu-Chips mit Hammer und Sichel: Stimmt schon! – welch deutsch-deutsche Peinlichkeit. Wohin also, willst Du nicht zum Aasgeier der Revolution werden, die keine Köpfe, den Rubel weg und die DM her rollen ließ?

An den Böllschen Frittenbuden stehen mit Sechserpack die Brüder aus dem Osten und rühmen unsere Lebensart und haben in den Styropor-Restaurants null Ahnung vom Regenwald. Wohin also? In die Kachel-Ausstellungen, wo Haarcremeherren gern Krim-Sekt trinken, obwohl sie Champagner mehr lieben, aber: Jetzt erst recht!–? Etwa in die von »Du« und Schinkennudeln zum »Sie« und Medaillon vom Demeter-Schwein auf Naturreis hochgestiegenen Szene-Beizen? Den Haarcremeherren ist die Nachkriegszeit (das einzige, was wir zwei gemeinsam haben) wie das 15. Jahrhundert oder so. Und die bewußten Esser mit Regelbeförderung sind zu arge Dialektiker: sie bedauern den Verlust der Todes-Streifen-Biotope und fürchten die sozialistischen AKWs; außerdem stammen ihre Großeltern immer nur aus Wien oder Bern, nie aus Sachsen, die mögen sie nicht, wollen sich aber per Paddel die mecklenburgische Seen-Platte erobern. Wohin in einer Zeit, in der es den gewendeten Sozialismus drüben an den Grundnahrungskragen geht und sie mit Kiwis gelockt und betrogen werden, in der die gewendeten Sozialisten hüben nichts mehr zu loben wissen als eine gut aufgeschlagene Hollandaise und nichts sie wütender machen kann als ein Koch, der am Fuß statt am Kopf geprüft hat, ob der Spargel gar sei? Wohin jetzt noch, Deutscher, in dieser weltumbrechenden Zeit, von der wir einst sagen werden, wir seien dabeigewesen, wiewohl die Sache ohne uns ihren kapitalistischen Gang ging? Wohin? Geh in, geh außer dich! Such Deutschland, wo es nicht so deutsch ist. Geh in die Kaufhäuser. Da ist Normallage. Die, die an Deutschland verdienen, sitzen da nicht. Und schlecht ißt du in Kaufhäusern nicht. Die Zeit der Terrine mit Wursteinlage ist vorbei. Leider auch schon die Zeit der Salat-Buffets, der Salat nach kleinem oder großem Teller gewogen; als erfahrener Packer konntest du dein Schnäppchen machen; jetzt geht es nach Gramm, also schwere Party-Salate, auch die haben den Kapitalismus begriffen, und die Tasse Kaffee heißt nun Pot. Aber du erwartest ja kein KADEWE und bist von der Tagessuppe überrascht.

In den Kaufhäusern – da sitzt, wir sinds, das Volk und ist, bitte, so nett, es sind nur ein paar Schritte bis zum Abräumtablett. Das Volk? Ich gebe zu: Da sitzt auch das Volksmaul der BILD-Sprüche, und noch immer holt dem die Frau das Zeug und schneidet noch vor. *Das* Volk geht durch alle Schichten. Da sitzt die Oberstudienrätin, die es aus einer Lebenshaarnadelkurve getragen hat, und das Bio-Haus wurde verpfändet. Da liest der Student Marx, allerdings den blauen Band in Zeitungspapier geschlagen, legt die Benjamin-Brille ab und reibt sich die Augen. Da sitzt der Bundesbahnobersekretär, der bemüht ist, Schnaps und Würde in ein harmonisches Verhältnis zu bringen. Da sitzen der arbeitslose Logopäde und die arbeitslose Lehrerin, die sich mit Deutsch für Aussiedler über Wasser hält, und sie zerbeißen wegen der Krise einen ganzen Gratis-Pack Zahnstocher in den Aschenbecher. Die chinesische Studentin, die über einem halben Hähnchen von ungegrillten Hähnchen und einem Piratensender in Beijing träumt. Die Türken sind von ALDI-Tüten eingemauert, die Männer Qualm und Cola, die Frauen mit den Kopftüchern bei den Kindern auf dem Automaten-Delphin. Und die Holländer sind auch hier beim Self-Service, des Geldes und der Sprache wegen. Im Kaufhaus sitzt, wer eine gewisse Identität nicht hat. Welch ein Ambiente für Deutsche in diesen Tagen.

Am liebsten bin ich im COOP über der Grenze, an der sie J. G. Elser gepackt haben. Das Drittel Konstanzer hält sich vor dem Drittel Schweizerdeutsche gottlob bedeckt. Das Essen ist lala, die Salate gemischt, der Saal grün von Plastikpalmen. Lautstark und ungehemmt das Südostdrittel: die Jugoslawen, die keine mehr sein wollen, die Italiener, die der Fußball nur sehr vorübergehend eint, die Spanier und welche, deren Sprache du nicht errätst, denen wohl »Währungsunion« gar nichts sagt. Hier ist, was Deutsch spricht, nicht unbedingt deutsch. Und die dunklen Asyl-Tamilen gehen hin und her, um sich sattzusehen. Um ein Glas Wasser sitzen vier Vietnamesen. Und mittendrin der Ausgezehrte aus meinem Stadtteil, dem Paradies, das eine Autobahn demnächst an Dänemark und Mailand anbinden wird, von dem du, ohne umzusteigen, mit dem Bus direkt zum Friedhof fahren kannst. Der Ausgezehrte spricht Konstanzerisch, trägt in immer derselben Plastiktüte immer dieselbe NEW YORK TIMES und sagt, Schweizer MARYLONG mit jedem Atemzug rauchend, zu seinem Gegenüber: Der Amerikaner als solcher ist gut. Aber sein Gegenüber ist auf dem Handrücken eingeschlafen.

Hier also findest Du mich, zufrieden mit einer Bündner Gerstensuppe und Nüssli-Salat. Hier eß ich, hier hock ich am liebsten in Europa, ein bißchen in der Welt. Und wenn auf dem Fernsehschirm über dem Plastikdschungel ein Schiedsrichter gegen Deutschland pfeift, das man, ist der Kommentator des ZDF erleichtert, jetzt auch so nennen dürfe, schreit hier niemand: Einen Baum, hoch genug, um den dreckigen Zigeuner daran zu knüpfen, den gibts nicht.

Dahin, dahin, will mit Dir, mein Udo, ziehn Dein zufällig polnischer, gerüchteweise österreichisch-französischer, sicher aber bundesdeutscher und nicht ungern gesamtdeutscher, keinesfalls jedoch kulturnationaldeutscher (was für ein Unding: Gottsched rein und Bodmer raus, und wohin denn mit Straßburg, Flensburg, Aachen, wohin mit Schickele, Kafka und Joseph Roth? Wer deutschsprachige Kultur und Kriegsstaatsgrenzen gleichsetzt, scheint mir ein Verbrecher aus Identitäts-Verlegenheit!), dahin will mit Dir ziehn Dein alter H. K. vom Grenzrand.

PS: Aber nicht, wenn die alpinen Weltmeisterschaften übertragen werden; denn dann versteht der Schweizer keinen Spaß.

## WINTER AM MEER

1
wieder
und noch inmitten der Koffer
Schreie durchs ohrige Haus
und wieder mit Messer und Wetzstahl
ne schöne Scheibe
vom täglichen Sauerteigbrot

aber dann
die See in Sicht das Meer
ist ein Eisschollenmeer
hart und schmutzig zusammengepackt
was für ein farbreiches Bild
die Gescheiterte Hoffnung dagegen
denn hier ist es
einfach nur kalt

2
kräftig
erstmal auf der Fähre
gegen den Wind gespuckt
ders zurückgibt kräftig
und schwach
bleiben die Lichter der Insel voraus

endlich
weicht in offener Fahr
das Eis und leicht
liegt der Mond auf den Wellen
wo mit dem Handlicht der Käptn
die rote Boje sucht

3
ja
wollten wir nicht
einfürallemal wir
die Nasen uns wärmer reiben
am Meer im Eisbärfell
in einem nur für zwei

doch
im Sparmarkt schon
knallts vor Stau und Schub
die Wut der verlorene Zettel
am ersten der endlosen Tage
des Glücks

4
nach dem
an glucksender Heizung
mit dürren drei Sätzen
und wieder alle zu Null
verschwiemelten Tag
versinkt die Sonne doppelt
im Dünendrachenkamm

und auf
geht das Herz
und säuft sich schwindlig
in die lange Nacht

5
geweckt von einem nie gehörten Ton
dem fern vom Kojenwald ein zweiter folgt
als balzten Auerhähne hier in Winternacht um vier

vorm Fenster weit floß schnell das Eis
im Lakenlicht des Monds wohin
das Hin und Her mit den Gezeiten

der Vogelruf blieb aus die Füße wurden blau
das An und Aus des Kühlschranks mit den Flaschen
seit Nächten schon kein andrer Ton

6
nie
ins Watt ins Weite
auf und nach der gewichenen Flut
stehn bloß und glotzen
über den Eisblockriegel hin
ins Ferne ins Freie
dieses offenen Meers vor der Brust

7
pünktlich
stehn zum Abendrot
die Lungenkranken auf dem Deich
bis der Himmel schwarz wird irgendwann
erhalt uns Gott
bevor die Sommerjungen surfen
unser ungewisses Jährchen

8
küß mich
nicht die Lippen brennen
im Klirrewind von Island her
kein Mensch hier mehr
ein Schaf nur auf dem Deich

faß mich
nicht an und laß die Hand bei dir
im Fäustling am Leib
gefroren die Wangen und senken sich nicht
als würden wir immer schön lächeln

und lachend
in der Kuhle am Kliff
kocht aus Haut und Haar
die Sonne ihr Süppchen
fürs Stöckchen ein Herz
in den Sand

9
auf
wieder auf
daß die Funken stieben
die roten Mützen übers Land
dem Nebel zu im Glühwurmflug
von Feuer zu Feuer im Eis
bevor der Teepunsch alle
und alle Gläser zersprungen

10
ahi
es rauscht das Meer
der Frühling kommt
auf fliehendem Schollenbruch
zanken Austernfischer laut

jetzt
faß mich schnell an
jetzt stapfen wir los
endlich ins Watt ins Weite

und wie
da flattert das Dorf
die Läden rauf rasch
das Geld rollt an und dann
müssen wir fahrn

11
daheim
unser Süden zurück
deine Stadt und mein süßlicher See
wieder im Drucktopf der Kopf
beim zweiten roten Ring
und noch inmitten der Koffer
dies schrille Geschreie
durchs ohrige Haus

NACHWEISE

*Hier bin ich fremd, bin ich daheim.* »Südkurier«, 16. 8.1980.

*Ein See – drei Länder.* »Allmende« 6 (1983)

*He, Patron!* »Allmende« 16/17 (1987)

*Herr Schwyzer im kleinen Grenzverkehr.* »Allmende« 12 (1986)

*Der schweizerische Badeplatz.* »Thurgauer Volksfreund«, 7. 9. 1985

*Das Stuttgarter Literaturtelefon.* »Am Erker« 17 (1987)

*Die Schreibgruppe an der Universität.* »Der Rabe« 4 (1983)

*Rückblick eines Mittelbauers.* »Südkurier«, 18.7.1991

*Der Baum, der Narr – Hommage an Rainer Brambach.* »Spektrum« 105 (1984)

*Ein richtiger alter Kommunist.* »Trans-Atlantik« 12 (1980)

*Römisch-Irisch.* Entnommen aus: »Vom Schweinemut der Zeit«. Haffmans Taschenbuch 1138, Zürich 1991

*Deutscher Brief aus dem Coop im Exil.* »Die Rübe« 3 (1990)

*Winter am Meer.* Die Gedichte erschienen in einer limitierten und numerierten Auflage von 90 Exemplaren im Frühling 1987 bei Eric van der Wal, Bergen (Holland); gekürzt

INHALT

HERMANN, KINDER, 1944 in Thorn/Polen geboren, aufgewachsen in Schwaben, Mittelfranken, Hessen und Münster. Studium der Kunstgeschichte, der deutschen und niederländischen Philologie in Münster, Amsterdam und Konstanz. Akademischer Rat an der Universität Konstanz. Zahlreiche Buchveröffentlichungen. Im selben Verlag erschien »Der Mythos von der Gruppe 47« (1991).

Zweite erweiterte Auflage

ISBN 3-925016-30-9